蝴蝶

Seba

蝴蝶
Seba

蝴蝶館 49

所謂「愛」的酷刑

Seba 蝴蝶 ◎ 著

elegantbooks

當她告訴書彥，她準備穿上露背裝去赴婚宴的時候，他埋在書堆裡找資料，連頭都沒抬說：「穿吧！妳確定別人分得清妳的前後面？」

她冷笑一聲，衝進去換衣服，書彥繼續和一大堆的書奮鬥。

順著穿好絲襪，柔潤的腳踝往上看，溫潤的膝蓋，修長的大腿……這他都很熟悉。

可是……可是……

原本平坦的胸部……居然如丘陵般起伏起來！

他瞪大了眼睛。

看著她微微笑著，長長的丹鳳眼，輕輕打上一點眼影，原本渴睡的眼睛，意外的亮麗起來。雪白的肌膚，襯著殷紅的唇和烏黑的頭髮，加上一七六的身高，修長圓潤的手臂、小腿……纖細的水蛇腰……

還有看起來鼓脹脹的胸部。

該死啊……他忘了「真平」這種缺點，是可以用人工的方法補救的！

「妳打算告訴我，妳要穿這樣出去嗎？」書彥的聲音粗了起來。馬的，她的裙子為何要這麼短？根本遮不住大腿嘛！

「對呀！」她彎腰穿上細帶子的涼鞋，靠……她的背……好白……好柔嫩。裙子縮到臀部下面……慘了……

他覺得自己的某部分開始充血。

「妳加一件外套好不好？看起來好像會變冷。」

換她瞪大了眼睛，看著揮汗如雨的書彥。

「方，你熱昏了？今晚有三十度欸！」

因為妳再不穿上長外套……我沒把握會不會撲上去。

外面的餓狼呢？會不會撲上去？

他的心情變壞了。

「妳不可以搭計程車！」書彥追了出去。

「誰要搭計程車？我騎機車去。」她對書彥伸了伸粉紅色的小舌頭，罩上安全帽。

原本安心點的他，看見頑皮的風把她的小圓裙撩上來……這才後悔安心得太早。

外面的瘋子那麼多……連我都想掐一把水嫩嫩的大腿。

從來沒有發現，這堆書是這樣的可厭。就是這篇該死的論文！他悶悶的將書一推。都是那個天殺的、該凌遲的老師！害我不能送她出門。

或是說，把她鎖在家裡……脫掉那件撩人的露背裝……把她放在胸前裝著的玩意兒丟掉，不管是他馬的矽膠或海棉。

芳詠只要是芳詠就好。只要保持那種完全「真平」的胸部就好。她只要繼續愛睏著，只要穿著我的襯衫，乖乖的在客廳看迪士尼頻道就好。

至於她雪白的皮膚……優雅的四肢……還有狂亂的呻吟……纖小細膩的足踝……那只要我知道就可以了。

突然煩得想燒掉眼前所有的書。

為什麼以前從不覺得芳詠這樣迷人呢？

剛北上讀研究所時，就和芳詠住在一起了。當然，還有學弟、同學，和外校的學生。總共五個人住在四十五坪的公寓裡。

初初見面時，已經是華燈初上的時刻。他和學弟循著住址，只見公寓門口的毛玻璃，黑沉沉的，沒有一點光。

按了電鈴，芳詠從沒有開燈的客廳走出來，一雙狐眼晶光四射，襯著雪白的面孔和長可及腰的頭髮，學弟嚇得差點逃跑。的確有倩女幽魂的架式。

住得越久，越覺得他們是有個奇特的二房東。

不大理人，也不出門談戀愛。下班回來就半臥在沙發上，開始看卡通。室友想看新聞或八點檔，她就從茶几下拿出漫畫，半躺在那張破舊的單人沙發。

什麼時候開始……沒有她在客廳看漫畫……我無法專心寫論文？

他抬頭想了半天，和芳詠在一起的這麼自然，像是在一起一輩子，自然到幾乎想不起來是什麼時候對她動心。

應該是一年前小三的婚禮上吧。他點起菸。

小三本來是他們的室友，意外的當上了爸爸，他倒樂天知命，歡歡喜喜的結了婚。當然，一起住的幾個室友都去了。

包括芳詠，那個奇怪的二房東。

三杯啤酒下肚，平常不大說話的芳詠，活潑的像隻花蝴蝶。花招百出整得新人哭笑不得，最後還要新人站在桌子上長吻，下面一大群賓客唱著《出嫁》。

盡興，當然盡興。喝到最後，其他的室友全逃了，只剩還沒倒的芳詠把醉倒的他拖回去。

筋疲力盡的把書彥扔到地毯上，「我要喝水。」書彥覺得心臟好像要跳出胸腔。她無奈的拍拍書彥的臉，走進廚房。然後我聽見匡啷啷的一陣巨響。

其實只是喝多了，並沒有怎麼醉；書彥奮力爬進廚房，看見芳詠趴在水槽裡，拚命嘔吐。

可憐。輕拍著她的背，憐惜的。

好不容易吐完了，她滑坐在地上，語氣很平靜，「我不會動了。」

「不會的，」書彥喃喃著，「我扶妳……妳在廚房睡會感冒的……」試著要拉她起來，反而整個人跌到她的身上。

「對不起！」書彥慌張的道歉，她闔著眼睛，說：「沒關係。」

第一次，這麼近看她的臉。頭髮上黏了一點點嘔吐物，他輕輕擦去。

原本白皙的臉孔，整個慘白掉了。口紅半褪，小小的嘴微張著。眼睛緊閉，睫毛在臉上落下深深的陰影。

弧度優美的嘴……看起來很誘人的嘴……一定是……一定是酒精腐蝕了他的理智。他居然……居然慢慢的低下頭……

靠得很近很近……可以聞得到她口中的酒氣……剛剛嘔吐過的酸味……

卻分不出是書彥身上，還是她的身上發出來的。

再一點點……再一點點……我的唇就會貼到她的唇上了……

書彥沒有壓上去。該死的天人交戰。

她突然張開眼睛，微微上揚的眼角，讓她的眼睛，看起來像狐狸一般。定定的看著幾乎強吻了她的書彥。

他狼狽的想抬起頭，卻像被那雙妖魅的狐眼定住。

怎麼……會想到《聊齋誌異》？

柔軟的手臂纏住書彥的頸項……緩緩的壓在她的唇上。柔軟的……柔軟的唇。他輕輕吸啜著，舔吻過殘存的胭脂。

唇膏是沒有味道的。因為在這樣柔潤的嘴唇上，所以擁有一種興奮的氣味。

往下親吻她的頸子。用舌頭緩緩畫著圈圈，她仰頭，深深的吸氣。

但……她沒有放開手。

解開她的襯衫，笨拙的脫掉她的胸罩，他的眼前，出現了迥異於A或Playboy的女體。

真的像男孩子一樣……上面綴著兩個櫻桃似的乳頭。驚人的白皙。少年一般的軀體……漸漸收窄……成就少女一樣的纖腰。

居然是，另一種奇特的美麗。

褪去她的牛仔褲……一切……修長水嫩的大腿……膝蓋……纖白的小腿……形狀美麗的腳趾……腳背上有著小小的梨窩。粉嫩著。

他有些暈眩的看著她，眼光一寸寸的上移……在盤旋濃密的毛髮中暈眩……在雪白的小腹上暈眩……在小小的，可愛的肚臍中，畫下一個美麗的句點。

每一次的觸摸，都能讓她觸電般的顫動，每一個吻。不論何處，都能讓她深深的吸氣，變成低低的，悅耳的呼聲。

將手指探進濃密的深處。她的臉染上一層緋紅。隨著手指的律動……她的緋紅越盛……她的呼聲也越失去控制。

將要進入她的身體時……高跪著看著她。

看著她躺在自己烏黑濃厚的長髮中，雪白的肌膚上染著楓紅。動情妖魅的狐眼，閃著水光。將被她濡濕的手指，默默的伸到她的面前，她伸出小小的舌尖，舔嚐著自己的味道。

一定是那一瞬間，他崩潰了。

開始像野獸一樣襲擊她，深深的，深深的進入她的身體……那狹窄的，滑嫩的通道。規律的收縮，惹得他發狂了……

還有她狂亂的呼喊，還有她的扭動，還有她在我身上留下來的，熱情火辣的爪痕……

惹得我發狂了。

在衝刺與衝刺之間……在感官絕對的極致之間……理智破碎成一種屑末，飄盪在肉體淫靡的撞擊和體液往復的聲音裡面。

一直到……讓他苦惱至狂的情欲……能夠完全的……放肆的……澆灌進她的子宮……以火熱的精液的方式，在她體內，肆無忌憚的放縱。

碎裂成億萬分子的理智，才一點點、一毫毫的回到癱在她身上的這個「我」的腦袋瓜裡。

艱難的起身，瞥見她的身下，有著一灘殷紅的血跡，染在脫下來的白色蕾絲襯衫上。

那一刻，書彥的腦子，全空白掉了。

天呀……她居然……居然還是處女?!

在完全沒有防護之下……萬一……她懷孕了……怎麼辦？

南芬會怎麼樣呢？我該拿南芬怎麼辦？

想到南芬哀怨的、苦苦等待的眼神……書彥不敢再想下去。

萬一……我是會負責的。我不是那種叫人家拿掉就好的那種人。我會負責，真的。

猛然抓住芳詠，「芳詠……芳詠……我……我……」說啊！怎麼越到緊要關頭，居然口吃了起來！幹！

芳詠像是嚇壞了，睜圓了那雙狐眼，看著我，然後尖叫了起來。

「求求你不要哭！」她反而抓住書彥，「今晚算我的錯好了。我也不是故意的……我不知道你是第一次呀！」

啊？

「真的！我以為你這麼老了……不是不是，我是說，比我大了幾歲，應該比較有經驗……」

呆望著她，終於找到空檔說話：「我不是處男。」

幹！我說這驢話幹嘛？

她果然搖搖頭，「沒有關係！能夠堅持這麼多年的處子之身……對男生來說……是不容易的！我很佩服你！真的！求你不要哭呀！這不是恥辱，我也不會告訴任何人的！」

這下子，他還真的有點想哭了。

之後的一個月內，書彥一直在一種忐忑不安的恐懼中度過。

可是，該死啊……他也不只一次想起她的身體。

我真是個……該死的色狼，不敢負責的色狼。如果她真的有了……我該怎麼辦？

真的要負責？我負得起嗎？

＊　＊　＊

猛然從桌子上跳起來，一身的冷汗。

是夢。我是睡著了。

揉著僵硬的手腕，書彥吞了口口水，汗仍然從每個毛細孔無知的溢出來。

夢中，南芬握著鋒利的裁信刀，當著他的面，切開自己的左腕。噴出來的鮮血濺到書彥的臉上，濺在南芬雪白的衣裙，也濺在芳詠隆起的小腹上。

她慘烈的笑著，一定說了些什麼。一面對著我說了些什麼。到底說了些什麼呢，書彥焦躁起來，怎麼都想不起來。

說了些什麼呢？說了些什麼呢？他一面起身，一面拿了空空的水杯想喝水。

「不介意我提醒你吧？杯子是空的。」

聽到酷似南芬的聲音，差點打破杯子。猛回頭，芳詠懶洋洋的倚在門上看著自己。

鬆了口氣，怔怔的坐下，她也走進房間，坐在書彥的床上。

雖然說，我的房間裡沒有第二張椅子，可是她就這樣坐在床上……

就坐在……書彥吞了一口口水，昨天我一面想著她……想著那個讓我後悔又不後悔的夜晚……一面拚命自瀆……拚命的滿足根本滿足不了的欲望……

她就坐在昨天書彥坐著的地方。身上穿著可笑的查理布朗。

書彥突然有一點點高興，高興什麼呢？

對了，高興幸好是她。幸好是這個我還滿喜歡的奇特女子，不是別的啥亂七八糟的。

「我……」她輕輕咬著下嘴唇，少有的猶豫，「我有點事想跟你說。」

我的心揪緊了。

「等一下！」從來不覺得這麼乾渴，書彥從抽屜挖出昨晚沒幹光的啤酒，咕嘟嘟幹掉一罐。覺得比較能承受了。

雖然他的心跳和呼吸根本沒恢復正常。

「我會負責的。」書彥將啤酒罐子捏扁，嚴肅的對芳詠說。

芳詠定定看了他一眼，「怎麼負責呢？娶我嗎？假如我懷孕？」

用力的點了點頭，心裡卻降到冰點。真的？這一個月的擔憂……真的成真了。

這個夢……真的就是所謂的先兆嗎？

芳詠笑了起來，那種頗為惡作劇的笑。

「現在的事後丸副作用很少。我也沒有嘔吐……只是有點反胃。」

什麼？

「事後丸？妳怎麼知道有事後丸這玩意兒？」連男朋友都不交的人！

「性版呀。」她盤腿坐在的床上，運動短褲下的長腿一覽無遺。心裡有一點點騷動。

「性版！妳從哪裡看得到性版!?」

「BBS。不是你教我上的嗎？」對呀！數據機還是我幫她裝的。

「我可沒教妳看性版吧！」這女孩子怎麼這麼好奇呀……性版……雪特……萬惡的網路！

「……我都二十七歲了勒……沒看過豬跑，也吃過豬肉吧？總不能一輩子都是處女……當然要學些常識以備不時之需囉。」

不時之需？我只是不時之需？書彥開始不快了。

「幹什麼？一副吃了大便的樣子。」連形容詞都用得這麼毒。

「沒什麼。只是覺得自己像匹種馬一樣。」他大聲起來。

「靠……你也奇怪欸！以為我有了，臉孔活像霓虹燈，一會兒青一會兒白。一知道我沒有，又說我把你當種馬。還真難伺候勒。」

沉默下來。對。無可反駁。

「妳想跟我說什麼？」眼睛不曉得要擺哪裡，那雙白皙的腿一直在眼前晃。

「你學弟的二一……確定啦？」

「對。」失戀失到會二一，真服了這王八小子。

「那小三結婚了……慧玲插大考上了，就在她家隔壁。所以，她也要搬走了。」

也就是說，剩下芳詠和我住一起？

還是說……

「希望我搬出去？」我想搬出去嗎？

「我是覺得無所謂啦……不過，看你好像很後悔的樣子。我又不知道你是處男。」她嘆了口氣。

「我不是處男！」雖然只有一次，雖然我連她長啥樣子都不記得……但我還是「轉大人」過了！

當兵誰不轉大人？

「那就是我的表現很差囉？」她還若有憾焉，「我是第一次嘛，當然不熟練呀！真可惜……我還覺得滿有趣的。」

啊？

她從床上爬起來，慢吞吞的往門口走去。

「什麼很有趣？」他的大腦一定卡死了。

「做愛呀！」她那雙狐眼，充滿了狡黠的光，「我還天天都乖乖的吃避孕藥喔！」

理智啦……良知啦……近三十年培養起來的道德觀啦……就讓這麼一句話全盤打敗了。

「為什麼是我？」他們過著半同居的生活，芳詠還是淡淡的，他忍不住問她，「為什麼願意這樣？我不知道妳……妳愛上了我。」

芳詠翻翻白眼，「男人喔，就是這樣自大到令人發笑。誰愛上你？我才不愛你。」

書彥沉了臉，「那為什麼？難道妳真的把我當種馬？」哪有這種處女？

「你太沒有禮貌了，我是這種人嗎？」芳詠皺緊眉，雪白的裸背線條優美，「我當然覺得你是好人，才跟你這麼親密的。」

「那，小三是不是好人？學弟是不是好人？」

「當然他們也是好人。」芳詠開始穿衣服，準備回房睡覺。

「那為什麼……」

「因為你剛好在這裡。」她懶洋洋的梳梳頭髮，「以前沒機會跟別的男人獨處，」她坦白，「既然我不討厭你，你又會幫我修電腦，再說，房租按時交，做人也正派。最重要的是，你很方便。」

「方便?!」書彥快氣炸了。馬的，原來我是個方便的男人!!

「對呀。」她神情白若，「既然我不打算當一輩子的處女——老處女多難聽——找個認識的男人做愛，總比隨便找陌生人好。」

書彥氣昏了，「原來只是因為妳『認識』我，我才得此殊榮是吧？」

「難得你也有聰明的時候，」芳詠誇獎他，「對。再說，我很喜歡跟你在一起呀。」

「妳怎麼可以抱著這種心態？」書彥跳起來，「妳把情欲看成什麼？」

「情欲就是情欲。」她很肯定。

「妳錯了，」他厲聲，「情欲若只是情欲，人與禽獸何異？情欲應該和愛情結合。若不是妳愛的人，怎麼可以以情欲為情欲？將來妳要怎麼跟妳老公交代？」

「為什麼我的身體要對老公交代？」芳詠淡淡的，臉上的笑意淡得幾乎看不見，「怎麼？男人有需要沒有愛情就能夠『解決生理需求』，女人就該為了愛情獻身？同樣是人類，為什麼要這樣分野？人本來就是生物圈的一員，和其他生物一樣，都有繁衍後代的本能和欲望。這哪有什麼錯誤？」

她穿上拖鞋，「你愛我嗎？」

書彥漲紅了臉，老天，他早就知道天下沒有白吃的晚餐。貪戀她的身體，馬上索取代價來了……

「呃……這個……我還沒有想到這裡……」支支吾吾的。

「明白了吧？你並不愛我。」她開門，微笑還是淡得幾乎看不出來，「但是你還是跟我做愛。我跟你的想法差不多，只是你不敢承認，我敢承認。不過，既然和你的價值觀衝突，我找別人好了，也謝謝你這些日子的照顧……」她走出去。

「慢著！」書彥衝出去拉住她，「誰說的？我……我愛妳。我會負責的！」

「我不愛你，也不用你負責。」

「但我不要你在別人懷裡！」

芳詠若有所思的看著他，一言不發。沉默充塞在房子裡，卻讓人覺得分外窒息。

「我不在別人懷裡。但是，你也別奢望扭轉我的想法，」芳詠拍拍他的手，「不是你擁有我的童真，而是我們享受了一段彼此陪伴的親密旅程。你若能夠接受，就住在一起吧。如果不能，或許，你可以放手。」

書彥反過來緊緊抓住她的手，不說話。

「我會負責的。」他終於小小聲的說。

「我不會嫁給任何人。或者說，不會愛上任何人。」她的微笑終於消失了，神情空白，「愛是一種酷刑，我沒有勇氣用肉身去捱。是的，我沒有勇氣。」

為什麼沒有勇氣？他想問芳詠，卻發現，自己也沒有勇氣。

或許這樣最好……大家都是成年人了，有需要的時候，彼此解決彼此的「需要」。生活在這個擁擠嘈雜的城市，他雖然覺得自由，卻也不免感到孤寂。

相濡以沫，用彼此的體溫為台北漫長絕望的冬天加溫，在陣陣寒冷的冰雨中。

這樣應該最好。

「我不愛你，當然，你也不愛我。」芳詠的溫柔總是蒙層薄薄的霜，「比起好聽的謊言，我喜歡你坦白不說謊。所以，不用說愛和負責。你要的，只是我的身體，剛好我要的也只是這樣。」

原本他也以為，這樣最好。

如果不是她這樣溫和，這樣的聰明，或許他不會有什麼改變。若是她和南芬一樣，用柔情和依賴無止盡的捆綁住他，或許他反而能夠離開這裡。

但是她卻活得這樣自我，這樣自在。

她還是每天到幼稚園去，繼續當她規矩而溫柔的幼教老師，一樣上學繼續念夜間部的幼教系。她讓書彥進入她的生活，用一種漠然的寬容。

她很用功，每個學期都拿獎學金，系上的第一名從來沒有脫離她的掌心過。

「真是累，」她會抱怨，「到底這些來念夜間部的小朋友搞什麼？專心讀書，連工都不打，居然念輸我這個全職的幼教老師。」

但是書彥拿來寫碩士論文的書她也看得津津有味。

「這些花槍耍得不錯，」剛看完盧梭的《愛彌兒》，她笑，「下次就拿這本來唬老師，騙點作業分數。」

真不知道她怎麼能夠這樣從容不迫。她的工作忙，有時布置教室到三更半夜，深夜回家還要做教具，但是她還是不慌不忙的，安安靜靜的做去，有時會來敲書彥的門，跟他討論教案。雖然書彥之前是職校老師，還是會開開心心的跟她討論。

「其實，我最想做小學老師。」他很感慨，「但是父母親覺得，我若是只教小學，又何必念師大呢？人往高處爬，他們對我還是有很深的期待。」

「最好當教授，起碼當個高中校長是吧？當小學老師有什麼不好？」說到教育，芳詠蒼白的臉才會有淡淡的紅暈，「教育應該從根本做起。不管什麼職位，既然進入這行，就該有為教育獻身的準備。教育工作是一種信仰，沒有信仰的人，還是早早離開的好。」

但是除了這個話題，她不會來擾書彥。

她總是愛睏的。功課做完以後，她會懶懶的癱在客廳，專心的看卡通和動畫。要不然，她會拿出漫畫，享受的邊吃零食邊看書，表情總是那麼滿足。

但是，書彥卻覺得自己起了化學變化。

他不再能夠冷靜的待在自己房間裡，抱著書，他也到客廳。

「我看卡通會吵你。」她抱著一盤草莓。

「不會的，」他拿出耳機，「妳看妳的。」繼續和那堆書奮鬥。

她總是懶懶的，卻也不因為書彥在客廳有什麼不自在。像是這種從容可以穩定自己焦躁的心，只有待在她身邊，他才能夠心平氣和的面對似乎漫漫無期的閱讀和論文。

等他發現自己對芳詠不只是身體的依戀時，已經太遲了。他依戀著她穩定溫和的氛圍，只要看不到她就覺得看不下一個字。

所以，當她去參加網聚的時候，書彥簡直狂怒。

「網聚？為什麼網聚這麼晚才回來？」他的聲音非常大。

芳詠皺了皺眉，「小聲點如何？有人約我去喝咖啡。」

喝咖啡？「哪一個？」

「那個什麼六天使的。」她神情自若。

書彥跳了起來，「那個沒貞操的色狼？妳跟他喝什麼咖啡？」

「的確是滿沒貞操的。」芳詠承認，「我以為每個人都躲在螢幕後面意淫，卻沒想到第一次見面，就這麼大膽的邀我跟他去開房間。」

「我殺了他！」他吼了起來。

「你幹嘛？」芳詠有些不耐煩，「就算我跟他開房間又怎樣？這是我的事情。你又是我的誰？不是跟你上床，我的身與心都屬於你。」

對呀，我是芳詠的誰？他垂下肩膀，悶悶不樂的回房間。

靜靜的坐著生氣，他不知道自己在氣什麼。他終於明白，為什麼同學有人急著結婚，進入婚姻即使失去自由，最少介意的人也只能死心塌地的跟著自己。

他第一次考慮用神聖的誓約綁住一個女人。

門上傳來輕輕的敲門聲，他很想發脾氣叫她走開，卻不知道為什麼，一打開門看見她漠然而雪白的臉孔，反而抱住她，緊緊的。

「這麼介意？」芳詠嘆口氣，「你是個孩子。是不是男人都是孩子？」

他不肯回答，只覺得內心非常軟弱。

「我沒跟他上床。他的性伴侶那麼多，我還不想生病。」芳詠溫柔的摸摸他的頭髮，兩個人的身高只差五公分，穿上高跟鞋就可以輕易打敗他傲人的身高，「我並不那麼想換伴，也不那麼想體驗不同的男人。你又何必介意？到底我還有點潔癖。不過，」她鄭重的說，「如果你要求我如此，你也得保持自己的乾淨才行。我不想從你身上傳染任何毛病。」

他點點頭。發現自己對她不管是身心都這麼依賴，實在很震驚。

但是，怎麼辦？我不知道怎麼辦。

他遵守了自己的諾言。偶爾回家，害羞的南芬怎樣鼓起勇氣跟他要求，他還是拒絕了。

以前拒絕南芬，是因為不想被她因此抓住。現在拒絕她，是因為他心裡已經有人了。

看著傷心的坐在他床上的南芬，他還是有點不忍，「……南芬，我還有很多年的學業之路。這樣耽誤妳不是辦法，如果有比較好的男人……」

「你就是我最好的男人。」她小小聲的，卻堅決的像是花崗岩，「自從九年前在迎新晚會的時候見到你，我就知道了。」

他的心，非常沉重。

那時南芬還是剛進大學的新鮮人，他也不過幫她趕跑意圖搶劫的歹徒，這個死心眼的女孩子，就這樣愛上他，一路固執到現在。

望著她柔美的側面，實在不了解，為什麼自己就是無法愛上她。接受她，是種無可奈何的接受。每個人都告訴他，這個女孩子不可多得，連母親這樣挑剔的人，都喜歡她的溫柔順從，一直催他趕緊將她娶回來。

「南芬這麼好，你為什麼遲遲不肯結婚？」母親這樣質疑著他，「比起你大嫂那個沒有用的女人，南芬好多了。你們兄弟要氣死我是吧？當初要你大哥別娶那個什麼也不會的女人，他也不聽；現在要你娶南芬，你也不打算聽。你到底要耽誤人家的青春到什麼時候？」

即使大嫂就在廚房，母親還是肆無忌憚的叫著，他看見大嫂的背影顫抖了一下，心裡有種說不出來的悶。

「……我還不打算結婚。」

夜裡去喝水的時候，聽到廚房有人細細的啜泣。

他躊躇了一會兒，輕輕推開廚房的門。繫著圍裙的大嫂在哭，一面守著燉鍋。他第一次覺得滷肉的味道這麼淒涼。

「大嫂。」輕輕喚著她，心裡感覺很複雜。

她拭去眼淚，勉強笑著，「書彥，還沒睡？剛剛我突然覺得眼睛有點痛……」

看了看燉鍋，母親是個嚴厲能幹的人，對於所有速成的的事情都有很深的排斥。她要求大嫂將所有的家事做到盡善盡美，但是品學兼優的大嫂卻對家事很低能。

他很知道，因為大嫂是他愛慕過的學姊。

幾乎還記得那時愛慕的心情……剛進大學，和高中完全不一樣的學習環境，他慌亂了一陣子，那時大嫂還有著溫柔的笑容，學姊輕輕按了按他的肩膀，「只是一次沒考好，什麼了不得的？英文底子很重要，我們有個讀書會，來參加好不好？」

他深深為她傾倒，那麼聰明俐落的學姊，聲音總是輕輕的，但是在舞台上，她清晰充滿感情的用流利的英文念著馬克白夫人的對白，表情是那麼的生動。

他的生命裡寫滿了對她的傾慕，卻在表達前，讓驚豔的大哥捷足先登。

喝掉了兩打啤酒，他又哭又吐。對她的愛意還來不及表達，已經敗在自己大哥的手底。

在婚禮上，他和南芬都應邀為伴郎伴娘。應該沒人看出來……他內心深沉的哭泣。還沒開始就結束的戀情……對著自己生氣，為什麼不先表白？享受著她明亮的眼睛和笑容，卻沒有勇氣對她說……

我愛妳。

「書彥，」他送南芬回家，她怯怯的叫住他，「你……我知道你很難過。相信我，我知道單戀的滋味……」她的臉上浮現淒涼，「……如果真的很難過，就哭一場吧。哭不會解決問題，她還是天天會在你眼前出現……但是，哭過以後，就沒有力氣想這些痛苦……」她低下頭。

看著這個深愛自己的學妹，他落下淚，第一次抱住她，哭得像是個孩子。

如果他的愛意只能悶死在自己的心裡，那麼，就成全另外一個痴心人吧。

就這樣，他「接受」了南芬。

正確的說，他給了南芬「名分」。一個女朋友的名分。事實上，自從學姊變成他的大嫂以後，他再也無法對任何女孩子動心了，或許這樣最好，他自暴自棄的想，愛人如此痛苦，那就讓別人愛我吧。

只是沒想到，被愛也這麼沉重。

「大嫂，不要難過，」他遞面紙給她，「媽媽沒有惡意，她只是心直口快。」他很清楚母親的挑剔，只是這種挑剔在媳婦身上，特別的變本加厲。

「我知道。」她想微笑，卻忍不住落淚，「只是……我的確不是媽媽心目中的好媳婦……」

媽媽就喜歡南芬那樣的女孩吧？終生為了家庭奉獻，精通家事和烹飪。閒的時候，能夠陪她看飛龍在天而不打瞌睡。

但是，你怎麼叫這麼優秀的學姊屈居在家裡？她這樣的優異，競爭這麼激烈的美商公司，她輕輕鬆鬆的往上爬，現在已經是企劃部門的主管了。相形之下，當MIS的大哥顯得黯然失色。

你怎麼能夠要求這樣的女人在家裡做家事和煮飯？她的才華怎麼辦？

「哥哥還沒回來？」他不明白，為什麼娶了學姊，大哥還是喜歡在外面尋花問柳。

「……不知道在小咪的膝蓋上，還是在曼麗的懷裡。」大嫂的眼淚停止了，自嘲的笑笑，「我的婚姻……真是一場糊塗。」

娶一個女人回來等門？若是這樣，為什麼要娶她？請個菲佣等門不是更好？

「大嫂，不要這麼說……」他絞盡腦汁想安慰她，「……對了，聽說妳升職了？妳升得好快，我聽阿劉說，你們公司競爭很激烈，沒想到大嫂這麼厲害呢！」

她的神情果然愉快多了，「是呀，」攪攪那鍋滷肉，「其實也沒什麼，不過是副理而已。公司要我買部車代步，實在滿好笑的，我要把車停在哪？再說，我也不會開車。但是副總經理在那兒魯個不停，一直強調公司門面的重要性。美商就是這樣愛面子……小弟，幫我嚐嚐味道，我還在感冒，味覺已經失靈了……」

他嚐了嚐味道，加了一點鹽和酒，「這樣應該可以了。」

「謝謝。」她的笑，如此疲憊。

即使失去光輝燦爛的笑容，她在書彥的心目中，還是那個優秀美麗的學姊。看她在婚姻裡折磨得如此憔悴，他的心無法毫無感覺。

回到房間，他突然非常渴望見到芳詠。

「喂？芳詠嗎？」聽到她的聲音，覺得安心下來，「事情？沒什麼事情，只是想知道，妳現在做什麼？」

她輕笑了兩聲，「跟你講電話。嗨，你以為我會多工運作？」

這樣淡然的笑聲擊散了他的憂傷。

臨回去，他還是繞去公司找了大哥。

「書彥？」正在和祕書調笑的書殷很是驚喜，「怎麼突然來找我？」他熱情的搭在書彥的肩膀上。

從小就和大哥感情極好，他望著開心的張羅咖啡的大哥，不知道哪裡不對了。

家人都是親密幸福的家人……嚴厲卻慈愛的母親，溫厚深愛家庭的父親，熱情開朗的大哥。他深愛他們，卻不知道他們為什麼要這樣摧毀他曾經愛過的女人。

尤其這麼優秀的學姊。

「……哥，」他喚著書殷，「這幾天你都很晚回來，我們兄弟沒能好好聊聊……我要回台北了，想想還是來看你好了。」

「哎呀，」書殷把咖啡給他，「我忘了帶你出來玩玩。沒辦法，男人有男人的應酬，我忘記帶你出來見見世面。下次好了，下次。我帶你去瞧瞧男人的應酬……」

「MIS需要應酬什麼呢？」他直視著大哥，「需要這麼晚回來？」

書殷的臉森冷下來，「是不是那個賤婊子跟你說了什麼？媽的！」他一摔檔案夾，「仗著是你的學姊就說東說西？男人當然有男人的應酬圈，逢場作戲有什麼了不起的？幹！叫她去當老師不當，偏偏要去美商公司，越來越驕傲得自以為了不起了！賺得那麼多，居然每個月只拿出那麼一點點繳房貸，還叫我要把薪水拿些給媽！操！賤貨！我給不給關她屁事？她不是愛賺錢？愛賺就把錢拿出來啊！叫我拿出來？門都沒有！」

「哥，大嫂沒跟我說什麼，」他急著辯解，現在才知道家裡的房貸是大嫂繳的，「只是你都很晚回來……」

「小弟，你不懂啦，」他不耐煩的一揮手，「女人就是寵不得。當初我就是太寵她了，隨她去上班，才弄得我一點面子都沒有。你知道別人說啥？上次她同事還叫我蘇先生！靠！我堂堂男子漢，居然冠起妻姓來了！賺得多了不起？家事也作不好，小孩也不生，不知道娶她幹什麼！」

「哥……」連他都聽不下去。

書殷不耐煩的打斷他的話，「好啦，書呆子，你好好上學，趕緊把碩士拿到手。你哥少了條念書的神經，才會連老婆都比不上。你若想繼續念下去，老哥挺你！拿個博士回來也行！錢夠不夠用？」他掏出一疊鈔票，「你搞什麼？匯錢給你居然匯回來，到底是不是兄弟？」他硬把鈔票塞在書彥的手裡。

他默默的收下，也不再提。

到底是什麼地方錯了？

帶了束花去大嫂的公司，總機小姐跟他熟了，笑著說，「好久不見啦，小方先生。」她笑嘻嘻的，「又當大方先生的快遞？李小姐還在開會，要等她一下嗎？」

「不用了，」他搖搖頭，「請把花給她。」

「坐著吧，」大嫂的工作夥伴剛好進公司，對他點點頭，「上回你放了花就走，欣怡難過很久。」

書彥笑笑，「那就打擾了。」

他也笑笑，跟總機小姐談了幾句。趁這個空檔，書彥打量著大嫂的工作夥伴。的確是個氣度雍容的男人。幾次來大嫂公司都遇到他，和酒色過度的大哥不同，這個專注於工作的男人有種精銳的霸氣，大嫂也對他的工作態度讚不絕口。

「害我不敢鬆懈，」大嫂笑著說，「自己夥伴這麼強，不知道哪天會被他幹掉。」

誰忍心幹掉妳呢？

「逸樺？剛剛開會的時候……咦？書彥？你怎麼來了？」大嫂又驚又喜。

趙逸樺微微拉了嘴角，「欣怡，先跟方先生聊聊吧。妳吃了午飯嗎？都三點多了。」

「沒有胃口。」她搖搖頭。

「不行。」逸樺很斬釘截鐵，「我幫妳帶了個三明治，放在妳桌上，無論如何都要吃。」

等他走遠了，欣怡搖搖頭，「他怕我倒下，沒人寫企劃案。」微笑看著花，「好漂亮的花……好久沒收到了……也只有你回來的時候我才收得到。」

「這是大哥……」他不好意思。

「得了，小弟。」欣怡淡然的，「書殷會送我花？別傻了。不過，還是謝謝你。你幫我做了很大的面子。要喝什麼？」

欣怡忙來忙去的張羅茶和點心，一樣硬塞他零用錢。

「不用了，」他無奈的躲著，「大哥已經給我了。」

「你在念書，放些錢在身上以備不時之需。」

「……大嫂，妳還要繳房貸。」想到那麼沉重的房貸……生活費……在美商公司上班，穿著打扮使用都比別人講究許多，這些錢也不得不花。

欣怡的表情空白了一下，「……不要替我擔心，我還可以的。」她摸摸書彥的頭，「拿著。家裡也只剩你還關心我……」她緘默下來。

到底是什麼地方錯了？每個家人都對他這麼好……為什麼相處不來？

台中到台北兩個多鐘頭車程，他沒有睡，不停想著。像是一個沒有解答的習題，不斷在腦海旋轉。

煩悶的心情，在看到芳詠的時候一掃而空。

「幹嘛？你還真是小孩子。」芳詠笑著擁抱他，「這樣有沒有好一點？」

「……我只是暈車。」有些不好意思的鬆手。

「你看到鬼了？暈車？好爛的理由。」芳詠轉過身，「想我就說一聲。」

「……」

「該不會是真的吧？」她很訝異，「真的想我？」

「對，我很想妳。」書彥有點賭氣。

「想我？真的想我？」芳詠不可思議，「想我的身體嗎？但是我月經來了……」

「閉嘴！閉嘴閉嘴閉嘴！」他生氣起來。

「你生什麼氣？」芳詠覺得不悅，「月經我能控制嗎？你這個人……」

「我只會想念妳的身體嗎？沒胸沒屁股的，比男人的胸部還平，我會只想念妳的身體嗎？」

「嫌我就說，」芳詠也有點動氣，「如果你想結束這種關係……」

「妳敢！」他急急的拉住芳詠，「妳敢就試試看！妳敢在我愛上妳的時候……」

「什麼？」芳詠驚愕的看著他。

「我說，我愛上妳了！」書彥很大聲，「我也不知道為什麼，我就是愛上妳了！不是因為妳的身體而已，我喜歡妳的全部……」

就像那時候愛上學姊一樣的悸動，以為自己的心已經退縮石化，沒想到，居然又熾熱的愛上這個奇特的女子。

只有在她的身邊，能夠呼吸到安寧的空氣，只有在她的城堡裡，他才能夠定下來，覺得自己身心安頓。

將嘈雜的世界隔離在他的生活之外。

「……你愛我？」芳詠喃喃的說，「為什麼？」

「我怎麼知道為什麼?!就是愛妳！真的！」他激動的握緊芳詠的手，她的臉一片空洞。

「……如果你真的有一點愛我，」她抽回自己的手，蒙住臉，書彥從來沒看過她這麼軟弱的垂下肩膀，「請你不要說這個字……請你不要說愛我。愛是一種酷刑，若是你有一點愛我，請你不要愛我。」

「為什麼？」他握緊拳頭，「難道我不能……」

「你不能。」她仍然蒙著臉，「求求你，也不要問為什麼。」

「說清楚呀！到底為什麼！」書彥焦急的，低聲的問，看她幾乎崩潰的樣子，他嚇壞了，「求求妳，不要這樣……好好好，不說，不說。」他蹲在軟癱到跪在地板上的芳詠旁邊，輕輕搖搖她，「我什麼都不再說了……不要這樣……」

她把手拿下來，臉慘白的像是紙一樣，「……以後也不再提了？」

「不提，不提……」緊張的握住她的手，發現她的手這樣的冰冷。

「……我害怕這個字眼。」她的神情像是在夢遊，「這個字只會帶來傷害。」她的聲音很細微，「不要傷害我。我沒有做錯任何事情……」

「只有我嗎？」愛上她的事實會傷害她？

「……因為我很喜歡你。」她軟軟的癱到他的臂彎，「我不想用這個字眼彼此傷害……我喜歡和你在一起……我很喜歡你……也不想跟別人生活……」

她哭了。那麼堅強冷漠的女孩，卻在他臂彎哭泣的這麼無助。

緊緊的擁住她，書彥覺得辛酸，卻也默默。

她乏力的睡在書彥的懷裡，卻整夜作著惡夢。

她又回到那個漫長得幾乎找不到出口的迴廊，一面尋找著，一面哭泣著。

小小的她想不起來尋找什麼，也想不起來懼怕些什麼。她就這樣奔跑又奔跑，只有曲曲折折找不到出口的迴廊，她仍然在尋找和哭泣。

「壞孩子，」那樣柔美的女聲卻有著這樣瘋狂的冰冷，「壞孩子，壞孩子。誰叫妳讓我找不到？妳在幹什麼？」

「我在找妳。」她哭著。

「找我？找我？誰會找我？誰都不愛我。為什麼誰也不愛我？妳是不是怕我？是不是？妳爸爸不愛我了……我知道他不愛我。都是妳害的！都是妳害我的腰粗了兩寸！都是這些可怕的妊娠紋讓他不愛我的……妳害我蒼老、醜陋，青春不再……所以妳爸爸不愛我了！對不對!?」瘋狂漸漸的濃重，痛苦和憤怒也漸漸升高。

「不對不對……不是這樣的……」她哭著，掙扎了許久，她終於想起來了……

「媽媽，不是的，我不怕妳，我是愛妳的！」

「妳胡說！妳胡說！妳不是在發抖？妳是不是想逃？妳能逃到哪兒去？妳爸爸那邊？別想！別想別想別想……」灼熱的鞭打不停的落下來，她的背和大腿一片火辣，痛楚像是閃電竄進大腦。

「沒有沒有……我沒有……」她哭叫著，非常屈辱、非常驚惶，長大以後，她發誓，絕對不發出這樣失去尊嚴的聲音，「我沒有這麼想……媽媽，不要打了……好痛……媽媽！媽媽……」嘶喊的聲音幾乎啞掉了，乾燥的嗓子幾乎要裂開。

在接近昏迷的時候，媽媽溫柔的抱住她，「不要離開我，小芳。」她的眼淚冰冷的落在她臉頰的傷口，引起一陣陣的刺痛，「我只剩下妳了……剛剛都是氣話，我是愛妳的……我愛妳，不要離開我，我只剩下妳了……不要怕我，不要恨我……對，是妳不好。為什麼跑到我找不到？我好擔心，妳知道嗎？妳這個壞孩子……要這樣妳才記得住。知道嗎？我是愛妳的……我是愛妳的！」

愛……這麼痛？一直都這麼痛……在這個豪華的監牢裡，愛一直這麼痛。

任何一點小事都能夠引得母親暴怒，她總是一面毒打著芳詠，一面喃喃著，「壞孩子，壞孩子……我是愛妳的……我是愛妳的……妳不可以離開，不可以不聽我的話。我已經用我的生命生下妳，我的青春……我的幸福……我愛妳……建新為什麼不愛我？為什麼？」

她抱著被琴蓋夾傷的手不停的哭，她只記得不斷的哭，就這樣哭過整個童年。

她在夢裡發出呻吟，書彥焦慮的看著輾轉反側的她，覺得她有點發燒。芳詠緩緩的睜開眼，怔忪了一下子，「……書彥？」

「我在這裡。」他正溫柔的幫她上溼毛巾。

「我……我回去睡……」她吃力的坐起來，以為自己脫離夢魘已經很久了，沒想到，只是一個字眼，就能夠這樣擊敗她這麼多年的武裝，「我回去睡，在這裡，會害你睡不好……」

「不。」心裡充滿悲哀，不知道她哭些什麼、害怕什麼，但是，看她如此脆弱，卻覺得很痛苦，「妳在這裡就好。我守著妳，妳不用害怕了。」

她虛弱的躺下去，恐懼還在心裡縈繞，閉上眼睛。

一直以為自己自由了……母親躺在地板上，手腕不知道割了多少刀，幾乎可以看到白白的骨頭。滿地的鮮血已經乾涸，變成醜陋的黑褐色。

蹲下去，探探母親的鼻息，她還穿著國中生的制服。今天是我的畢業典禮呢，她怔怔的，沒想到母親也從我的人生畢業了。

眼淚……也有一定的量吧。她在童年已經哭完了所有的眼淚，進了國中，她再也掉不出任何眼淚，任憑日漸衰老的母親死命的打斷藤條。

她長大了，已經可以捱得住任何虐待，不掉半滴眼淚。

現在，母親就死在自己面前，她不但不覺得悲傷，還有種鬆口氣的感覺。

確定母親已死，她從醫院逃出來，奔回家裡收拾了一個小小的行李，瘋狂似的跑出去。我自由了。

她絕不想回到父親的身邊，再受到類似的酷刑。是啊，父親總是漠視母親毒打她，有時候，也加入毆打她的陣列。

「約會？吭？才幾歲就會約會？賤貨！看我打死妳……賤女人生的賤貨！」剛看完電影回來的她，只能抱住頭，不讓自己受到致命的傷害。

發完脾氣的父親，會歉疚的拿起雙氧水，「……我只希望妳不要跟妳媽一樣。我是愛妳的……小芳。妳媽就是在外面偷漢子被我發現……才會這樣瘋瘋癲癲……她是故意裝瘋氣我的。要不是為了妳，我早和她離婚了……」嘮嘮叨叨的將雙氧水擦在她的傷口上，引起激烈的痛。

愛是種恐怖的東西，不值得信賴。

吃苦？什麼樣的苦她都忍得住。只要能夠離開那棟華麗卻陰風慘慘的豪宅，什麼苦都值得。

以為自己早已經自由了……沒想到，驚惶已經根深柢固的種在她的潛意識，隨時等待機會發作。

她昏然的睡了一下子，醒來看見枕邊有人，嚇得幾乎跳起來。是書彥。

她吞了吞口水，設法讓狂奔的心跳平靜下來。

沒事的。看，是書彥。這麼多年……她終於能夠和人一起生活了。不要搞砸，不要。

小心翼翼的爬下床，她的動作這麼輕，輕得沒人可以發現。因為她不希望任何人發現。

回頭看見書彥安靜的睡顏，平靜而安詳。她跪在他枕邊，靜靜的望著他。

他是個……是個正常人。會高興，會大笑，會生氣，會大吼，會……會愛。

這些她都不會。

但是她喜歡書彥看她的眼光，總是驟然的亮起來，像是點亮了她昏暗的生命。

為了這樣的目光，她選擇了幼教這條路。因為孩子們也會用這樣單純的喜愛對著她，不含任何雜質。

任何有雜質的目光都會讓她逃走，飛快的。

但是書彥卻是單純的，單純的喜歡她。本來她希望他單純的只喜歡自己的肉體，這樣事情簡單多了。她渴求擁抱，但是只有做愛的時候，擁抱不需找藉口。

但是現在，他卻說出這樣的話，讓她所有驚惶的妖魔一起竄出來。

他……會不會用「愛」這樣的名字，統治她的人生？

覺得冷，她用雙臂抱住自己。

我不正常。我知道自己不正常。她發抖起來。

「芳詠！」她跳起來，貼著牆站著。直到發現書彥只是說夢話，才緩和下來。

在他夢裡，也有我的身影嗎？伸出手想撫摸他的臉，卻顫抖得無法動作。

我僵住了。她抖著將自己的手收回來。凝視了書彥很久，她疲乏的走回自己的房間。

睡吧。明天又是另一天。

沒有拉上窗簾的房間，可以看到西沉的月。只剩下一點點月牙，有顆星星很接近有氣無力的月光，像是月亮流下的一滴淚。

鑽石般的眼淚。看起來非常森冷。

就像母親的淚。

她用棉被裹緊自己，不希望自己失溫太多。

第二天，書彥覺得有點沮喪。很明顯的，芳詠在躲他。總是很早就出門，很晚才回來。有時候沒有課，她還是在外面逛到四肢冰冷才回到家。

他很想抓住芳詠，用力的搖搖她，問她到底為什麼。但是淺眠裡聽見她的房門輕響，卻只是睜開眼睛，望著天花板。

我還能愛她嗎？或許，時間過去，我能夠讓芳詠莫名其妙的驚惶消退，然後呢？

他到底要拿南芬怎麼辦？他不知道。想起她苦苦哀求和殷殷企盼的眼神，他點起菸。

把芳詠變成另一個大嫂？讓母親折磨她——表面堅強卻脆弱的她？光想到就覺得坐立難安。

所有的事情像是亂絲一樣纏在一起，他狠狠地吐出一口菸。

「書彥。」他快速的打開門，即使這麼小的聲音，所有的亂絲突然都解開來了。

她像是個小女孩，臉上帶著迷惘，抱著枕頭，「……抱我好嗎？」

憐惜的將她摟進懷裡，覺得一切都不重要。

芳詠又恢復那種漠然的樣子，他反而覺得安心。

什麼都不重要，只要她好好的就行了。他決定拋在腦後。時間會解決一切的。

說不定，南芬會找到愛她的人，說不定，芳詠會選擇吐露她恐懼畏縮的緣故，說不定，芳詠嫁給他的時候，他調到什麼山巔水邊，可以離母親很遠。

說不定一切都能夠解決。他只要先把論文弄出來，拿到學位就行了。反正還有一年的時間，擔心什麼呢？

他決定先好好享受與芳詠相處的每刻光陰。

「芳詠！」她恢復原本慵懶的樣子，安靜的趴在客廳的地毯上看漫畫，用眼睛問他；幹什麼？

「我們去看電影好不好？」疼愛的摸摸她的頭髮。

「電影？」她懶懶的坐起來，「不是剛看過《哈利波特》嗎？」

「我們去看《神隱少女》。妳不是很愛宮崎駿嗎？」好不容易才跟同學凹到優待券，「我們去看！」

「你又不愛看卡通。」她淡淡的，聲音卻有著幾乎發覺不到的暖意。

「有什麼關係？聽說很精彩呢。」不想讓她整天悶在家裡，「看完電影，我們再去淡水走走。」

其實，她從來不喜歡人多的地方。不過，她還是慢吞吞的起來換衣服，書彥握住她的手，她也溫順的讓他握著。

陽光刺眼，她遮著眼睛，春天果然來了。在這個四季不明顯的城市，陽光還是粲然的笑滿了街道，連她眼中蒙著的薄冰都和煦了起來。

看電影的時候，書彥壓壓她的頭，示意她可以舒服的靠著他，她甚至在黑暗中微微的笑了起來。

專注的看著電影，像是自己也化身為千尋，跟著白龍度過這場奇幻的追尋之旅。

「沒想到卡通這麼好看。」書彥很感動。

這次芳詠的笑容，書彥也能察覺得到。

「走吧，」他的聲音溫柔，「我們去淡水。」

即使岸邊整修，還是沒有打壞他們的興致。他們避開人潮洶湧的大街，曲曲折折的沿著推土機和工人忙碌的工程散步。夕陽西下，在碧綠的海洋落下閃爍如金蛇的粼粼光影，長長的沿著柔波鑲黃金。

靠在一起坐在岸邊，沒有說話的書彥脫下自己的外套，披在兩個人的身上，注視著夜幕低垂，地上的燈火代替燦爛的陽光，柔厚的雲層，偶爾有幾點淡淡星光閃爍。

日與夜交替，淡淡的渲染著。深深吸一口微涼的春風，即使仍在暗黝的台北市，也呼吸得到遙遠清新的空氣。

多少年沒有出來走走？芳詠的眼光非常遙遠。久到她想不起來。

她安靜的搭建自己的城堡，不讓任何人入侵。只要沿著固定的路線，從家裡到幼稚園，又從幼稚園到學校，然後從學校到家裡，這個迴圈乾淨而安全，不會有任何人傷害她。

若不是家裡太靜，她根本不想找室友。家裡有人就有暖氣。這些人都是陌生人，不會入侵她的心靈。她也安於此，絕對不想離開這種安逸。

但是，書彥……入侵她的身體以後，又入侵了她的生活。

有點不安。或許是夜的關係，夜晚總是讓她有種淒惶的感覺。不會的。她告訴自己。書彥也只是過客，就像以往的房客一樣。時間到了，他就會飛回自己的故鄉，就像是候鳥一樣的準時。

夜裡還有鳥在飛行，身影看起來如此孤獨。該不會是留鳥吧？貪戀淡水的海風，孤獨的留下來。

這是不自然的。書彥自然不是留鳥。

「會冷嗎？」書彥問，「餓不餓？」

「不冷，但是餓了。」她仰起臉，微微斜起來的狐眼有種溫柔的媚然。

回到熱鬧大街的路上，書彥買了仙女棒，一路點著燦爛。一根又一根，將夜色粧點熱鬧，等點完了，卻讓黑暗顯得特別的淒涼。

書彥握緊她的手，傳來的暖意打斷了她淒涼的遐想，找了家店坐下來，吃沒幾口，突然有人大叫，「芳詠?!」

站在櫃台後面的老闆娘跑過來，拉住她的手，又驚又喜，「真的是芳詠！這麼多年沒見，妳居然一點都沒變！妳跑哪裡去了？」

芳詠的臉蒼白了一下，「楊阿姨。」

「老天啊，今天我還去看妳爸爸，他中風了，口齒不清的念著妳，還好現在就遇到了！」楊阿姨很熱心，「妳記得要去看他，我把他的醫院和病房號碼抄下來給妳……」

她微笑著接過字條，眼睛卻沒有一絲暖意。

才走出店門，她就把字條扔掉。

「芳詠？妳幹嘛？」書彥把字條撿起來，「妳爸爸中風了，妳就這樣把字條丟掉？怎麼可以？」

「為什麼不可以？」芳詠冷漠的說，「給我一個理由，為什麼我要回去面對過去的惡夢？」

書彥雖然不知道她經歷了什麼，大約也猜到幾分。

「……人的一生很短暫。所以浪費在後悔非常不值。」他沉默了一下，「就算有什麼恩怨，有什麼痛苦，跟一個時間很有限的人賭什麼氣？更何況那個人給妳生命。」

「我沒求他給我生命。」她的聲音空洞，「時間有限？誰不是往死裡奔，早晚而已。」

書彥硬把字條塞進芳詠的手裡，她抗拒了一下，還是木然的握緊自己的拳頭。

「不要浪費時間在後悔上。」書彥鄭重的說。

她默默的回到家裡，僵硬的躺在床上許久，天快亮才勉強睡了一下。整天都木木的，小朋友擔心的爬到她的膝蓋，「老師，妳生病了？」

「沒有。」她勉強笑了一下。「爸爸來接妳了。」

小朋友歡呼著，跳到爸爸的懷裡。

她眨眨眼睛，像是看到曾經有過的過去。並不是童年都掩埋在幽黝的傷心裡，也有絲絲的金光與關懷。

攤開皺成一團的字條，她默默的拿起皮包。

走進雪白的病房，看著閉著眼睛，蒼老得令她不敢相認的父親，身邊圍滿了維生儀器。

「芳詠？」楊阿姨止在病床邊，開心的在父親的耳邊說，「建新！芳詠來看你了！建新！」

「不用叫了，」芳詠有些無奈，「醫生說，他已經深度昏迷了。」

「他聽得到，我知道。」楊阿姨戀戀的說，「我知道。」輕柔的撫著他充滿皺紋的手。

這樣的氣氛讓她窒息……

默默的離開病房，楊阿姨從後面追來，「就這樣？」她又驚又怒，「走進來看到了，就走？妳爸真是白疼妳了！」

疼我？她不禁苦笑。楊阿姨當老爸情婦那麼久，看到她的時候不超過二十次。

「我爸疼我嗎？」她的聲音淡淡的。

「若不是因為妳，妳爸爸早就離婚了！我也不用等這麼久！」她緩緩的流出淚，「妳離家出走的時候，妳爸爸多傷心，妳知道嗎？傷心到不跟我談婚事！一直到兩年前，他才願意和我結婚！為了妳，我拿掉多少孩子……妳還敢說妳爸爸不疼妳?!」楊阿姨湊過來的臉，看起來多麼猙獰。

又是愛……她覺得胃一陣陣的疼痛，轉頭就想離去。

「留下妳的電話！」楊阿姨衝過來抓住她，「給我妳的電話！我才好通知妳，妳爸死了！給我妳的電話……」

她受不了那麼多人的注目禮，匆匆寫了自己電話，逃出醫院，才發覺寫個假電話就好，何必給她真的電話？

這樣，她就不會真的聽到父親的噩耗，也不會在接到電話以後，木然的坐在客廳，從下午五點坐到伸手不見五指。

「芳詠？」書彥把燈打開，突如其來的燈光讓她眨了好幾次的眼睛，「怎麼不開燈？妳不是去上學了？」

對了，上學。她這才想到，她已經誤了上學的時間。

「怎麼了？」溫暖的大手捧著她的臉，眼中寫滿溫暖的關懷。

她站起來，緊緊的抱住書彥的腰，吻他。

從來不曾看過芳詠這麼主動，一面吻著他，一面解著書彥的釦子。

「芳詠？怎麼了？」他制止她的手，「發生什麼事情？」

她沒有回答，只是繼續固執的解書彥的釦子，堅決的壓在他身上。「不要說話，」她的聲音微微顫抖，「抱緊我。」

只有這樣激烈的翻雲覆雨，才能夠讓她忘記心裡那點說不出來的痛苦。

她以為，若是父母都死了，她也就從惡夢的魔咒裡解脫開來。

現在卻發現，她居然還在魔咒中。而且父親的死讓她發現自己果然是孤零零的被遺棄在這個世界上。生也不由她，死也不由她。

「用力點……揉碎我……」她像是夢囈一樣，承受著書彥的熱情，眼角還有淚，「不要停……求求你……」

終究你也會遺棄我，那麼……我不愛你，我不愛你。你也別愛我。愛是一種酷刑。是不是在其中，都覺得痛苦難當。

她受不了。

所以她要逃離這場酷刑。

「我父親死了。」芳詠靜靜的說，書彥驚訝的抬起頭，「什麼？」

「沒什麼。人皆有死。」她的聲調還是很漠然。

「他是妳的家人，妳體內有一半的基因是他提供的！沒有他就沒有妳，懂不懂？」書彥搖了搖她。

輕輕格開他，「家人是什麼？家人是蠻橫的用血緣牽扯在一起的陌生人。我沒有要求出生，我對我的生命，也沒有絲毫喜悅。」

「將基因傳遞下去，是生物的責任，並不只是人的責任。子女就該傳遞基因給下一代，妳承受父母的教養之恩，就承受了他們的期望……」

他無法容忍芳詠的這種冷血。

「人類像是地球的癌細胞，為什麼要繁衍得如此旺盛？只是提早毀滅這世界而已。」她赤裸的站起來，抱著衣服，「這種愚蠢的輪迴為什麼要繼續下去？為什麼要生下小孩來承受父母的期望？如果你有任何期望，都該自己去實行，而不是期待你生下來的生命。那個生命也有自己的人生要過。如果你一定要生個孩子來實行你的願望，能不能拜託你，放過那個無辜的孩子？」

她轉身閃進房間，快得像是有什麼在背後追。

最初的憤怒過去之後，他細細思考她的話，又想想自己的家庭。他不得不承認，芳詠的話，有點道理。

只是有點道理。他不敢細想。

他決定不再追問這類的事情。隱約發現，芳詠的傷口太大，太黑暗，不是他有能力處理的。

這樣的沉默，卻讓芳詠有種疏離的安全感。

這樣就好。總是有太多人試圖治療她的心靈。國小老師關心她的傷勢，只讓母親打在衣服遮蔽得住的地方。國中老師關心她的交友，只讓父親惱羞成怒。

別人的關心，很不重要。

她仍然漠然的和書彥住在一起。只要書彥不試圖統治她的心靈，她是很樂意這麼生活下去的。

雖然對她眼中蒙著的薄冰無能為力，書彥倒是用他的方法盡量對她好。知道她不愛出門，他東奔西跑找了整套的宮崎駿送給芳詠，即使對卡通沒興趣，他還是很堅持要抱著手腳冰冷的芳詠看電視，他自己低頭看著書。

芳詠感不感動，他不知道。只能盡力而為。

相識一週年，從來沒逛過百貨公司的大男生，羞赧的逛遍了京華城。

「我從來不擦香水。」芳詠覺得很詫異，接過黑色的瓶子。

「……我知道。」他搔搔頭，「但是我真不知道要送妳什麼才好。這叫做……安娜什麼的……」

「ANNA SUI。」芳詠幼稚園的同事都喜歡香水，光聽也聽會了，「這款香水是花香調的……」冷冷的香氣撲上來。

「我覺得這香味很溫柔……」他的表情也溫柔，「很像妳。」

像我？我溫柔？她的唇角終於有淡淡的笑意。

好不容易，教授終於點頭認可了他的論文，他大大的吐出一口氣。這幾年的辛酸，終於得到了唯一而甜美的報償。

「來杯咖啡吧？」教授也露出笑容，「恭喜你，再來就是口試了，要好好表現。」

感激的捧著那杯三合一，從來沒喝過這麼好喝的咖啡，摻著勝利的芳甘。

教授過去接電話，神情詫異的，「書彥，找你的。」

找我？誰會知道我在這裡？「喂？芳詠？芳詠，我告訴妳，我的論文可以了……」

「現在誰還有心情管論文呢？」她的聲音有一絲絲的焦慮，「剛剛你家裡打電話過來，說你家出了點事情，要你趕緊打電話回家。」

會出什麼事情？他滿腹狐疑的打電話回去，接電話的媽媽哭得死去活來，「家門不幸唷……怎麼娶了個這樣不知羞恥的媳婦……了然喔……」

「媽？媽！到底什麼事情？」書彥有點慌張，「大嫂出了什麼事情？」

「趕緊回來啦！我不會講……」媽有點語無倫次，「你大哥要殺人啦！現在跑出去了，你爸也追出去，不知道來不來得及，趕緊回來啦！」

他立刻到機場搭飛機。

到底是什麼事情呢？他在計程車裡，只來得及不斷的催司機快一點。

「先生，」司機無奈的說，「我這台 taxi 不會飛哩。你大概電影看太多……」

心焦如焚的書彥不想聽他這些廢話，用力一拍椅背大喝，「快開車！」嚇得計程車連闖幾個紅綠燈。

才到樓下，就聽到家裡一片吵鬧，正急著上樓梯，一聲巨響，帶著驚人的玻璃碎裂聲，所有的爭吵突然安靜了下來。他慌忙打開門，一屋子人像是僵住了，欣怡呻吟著，半跪在破裂的落地窗前，玻璃已經半碎了，她抱著自己血流不止的手，驚惶的看著。

「妳……妳活該！」大哥又狂了起來，「妳這個不要臉的賤貨，早就該死一死了！」他抓住大嫂的頭髮，就要往還沒掉落，尖銳的玻璃碎片砸下去。

「哥！你在幹什麼？」書彥趕緊架住書殷，「殺人不過頭點地，你看大嫂血流成這樣，你還想幹嘛？」

「不要攔我！不要臉的臭婊子！」書殷吼著，爸爸和書彥死命抓住他，「幹！妳敢給我在外面偷人！我這麼愛妳，妳居然這麼做！說！我是哪裡對不起妳？妳給我偷人?!妳到底知不知道廉恥？」

欣怡抬起頭，瞇細了眼睛，「……你現在也知道，你在外面偷女人的時候，我的心也會痛了吧？」

「幹！說什麼瘋話？」書殷又叫又跳，「男人逢場作戲怎麼同？妳不知羞恥不要隨便亂牽拖，妳這爛貨……」

「好了！」書彥大喝，「大嫂的手還在流血啊！哥，拜託你醒一醒，有什麼事情，先去醫院再說好不好？」

「你也為這個破爛女人！」書殷用力一推他，「讓她死！誰敢送她去醫院，我就跟他拚了！」

爸爸搖頭嘆息，媽媽只顧著號啕大哭，書彥心裡的不耐越來越深重。

「我們家是逼死人的家庭嗎？」他質問，扶起木然坐在地上的欣怡，「我們是那種家嗎？」

慢慢的往外走去，欣怡神情空洞柔順的跟著他，書殷在他們背後叫囂，「……送那賤女人去醫院，兄弟就做到今天了！不要再回來了，聽到沒有?!臭機掰，欠人幹的臭機掰……」

靜靜的在路邊等計程車，書彥脫下外套，裹住還在淌血的手。

「這種家，我也不想回來了。」欣怡喃喃著。

現在才發現大嫂承受了怎樣的暴力。沒想到有些任性的哥哥會這麼狠，大嫂整張臉都瘀血浮腫，左眼幾乎張不開。

掛了急診，醫生邊清玻璃碎片邊搖頭，「年輕人吵嘴就吵嘴，幹嘛動手動腳的？看她這樣子，你不心疼？花心血追來的老婆，要愛護啊！嘖嘖……」

書彥被說得臉都赤紅，一言不發的欣怡終於開口，「他是我小叔。醫生，請開張傷單給我。」

醫生推了推金邊眼鏡，有些為難，「夫妻吵架在所難免……」

「他把我推去撞落地窗，撞了好幾次終於撞破玻璃。我被他毒打了半個鐘頭就這樣。醫生，」她的聲音沒有情緒，「他剛剛還打算把我穿刺在落地窗的玻璃碎片上。」終於落淚下來，「你不開傷單給我，我若被殺了，你良心過得去嗎？」

醫生看看她腫得睜不開的眼睛，嘆口氣，默默的開傷單。

「凡事要溝通。」醫生不放心的叮嚀，「不要什麼都做絕了……妳有些腦震盪的現象，需要住院觀察幾天。傷口我已經儘可能清理了，就怕有細小的玻璃碎片還在傷口中發炎，那就糟了……」

欣怡疲憊的躺在病床上，沒多久就吐了，抖心搜肺的，書彥幫她拿著垃圾桶，又擰了毛巾擦拭著她的臉。

「……謝謝。」她虛弱的說，頰上掛著淚，「不要告訴你哥哥，我在這家醫院。」

書彥點點頭。

「方家只有你對我好。」她閉上眼，淚水更洶湧，「你回去吧！護士會照顧我。讓我靜一下。」

默默的回到家，靜悄悄的，只有爸爸坐在客廳抽菸。

「怎麼樣？沒有生命危險吧？」爸爸捻熄了菸，「書殷實在太衝動了。」

「腦震盪，得住院觀察幾天。」他忍不住，「到底發生什麼事情？哥能夠下這種毒手？也沒人阻止他？爸，大嫂的傷連我看了都心驚啊……」

爸爸沉默了一會兒，「等我回來的時候，書殷已經動完手了。我若在家，怎麼可能讓這事發生？你大嫂……和人發生苟且之事，怨不得你哥生氣。

但是生氣歸生氣，動手打人總是不對的。」

「媽在家，但是媽也沒阻止什麼。」哥向來孝順，媽媽還管不住他嗎？怎麼可能？

「……孩子，你不了解。你媽當年吃了奶奶多少苦……你要說媽媽有補償心理，我不能否認。她當年吃的苦頭，現在要一起找補，所以對欣怡的確稍嫌過分……再說，欣怡居然發生這樣背德的事情……」

他想起大嫂臉上的淒清，「你現在知道我的心痛了吧？」這句話在腦海裡不斷迴響。

「大哥又是什麼小白兔？」他有點不悅，「他一樣在外面泡女人，風流得很得意。大嫂可以原諒他，為什麼沒有人原諒大嫂？」

爸爸一怔，「這怎麼相同？」

「什麼地方不相同？」他反問。

爸爸沉默了。

「……男人是沒辦法忍耐這種事情的。孩子，你現在願意公平，若是同樣的事情發生在你身上呢？你也公平不起來的。」爸爸緩緩的說。

如果芳詠這樣做呢？的確他會非常生氣。但是為了不讓芳詠這麼做，他也會格外潔身自愛。

「你對我要公平。」他想起芳詠那雙蒙著薄冰，分外閃亮的眼睛，「你若願意對我公平，我也會相對的對你。我們兩個，誰也不比誰低賤。應該使用相同的規則。」

他不說話，開始清理滿地的碎玻璃。地上還有大灘的血跡，讓人看了觸目驚心。

媽媽一整天都關在她的房間裡哭，南芬匆匆的趕來，羞怯的和他打過招呼，就忙著安慰媽媽。

「……學姊真不應該……」南芬的聲音隱隱約約，「……會不會是誤會？」

「誤會？」媽媽叫了起來，「都捉姦在床了，還誤會什麼？那個不知羞恥的女人……居然跟人家開什麼房間?!真是家門不幸唷～」

「……那男的是誰？」南芬小聲的問。

「聽說是美商公司的經理。夭壽喔～怪道她那麼愛上班，原來是這麼回事！真是下賤……」

他心裡一動，悄悄的走出去，打電話到欣怡的公司。

「請接趙逸樺先生。」

「小方先生？」他的聲音帶著焦灼，「欣怡怎麼樣？她還好吧？她一直不接手機……」

「手機摔爛了。」是他吧？「我只是來報平安。大嫂住院了，不過看起來沒什麼危險。」

逸樺鬆了一口氣，「……哪家醫院？」

「大嫂不讓我說。連我家人都不知道。是你嗎？」

「是我。」他回答的很乾脆，「是我帶她去旅館的。」

「……這樣會破壞她的婚姻。」

「這種婚姻有什麼維繫下去的理由？」他的聲音微微的發怒，「我求她很久了。為什麼這麼美慧的女人必須在這場煉獄裡折磨？為什麼她就得忍受這種守活寡的日子？如果有機會安慰她，我是管不了那麼多的。」

「……我得先問過大嫂，才能告訴你醫院。」是非之間有這麼廣闊的灰色地帶。

「請你照顧她。」他的聲音這麼沉痛，「我會等她。我會負責的。」

你能負什麼責？大嫂的人生已經有了污點。

打電話給芳詠，她默默的聽了一會兒，突然笑，「你這沙豬。為什麼她有污點？若是她有污點，那些尋花問柳的男人豈不是內外污透了？情欲的力量這麼強大……連我這麼冷情的人都知道。大家倒是蓋起來，裝作一切都不知情。像是女人天生就必須接受閹割，去除性欲，男人天生就可以解釋成『天性』。」

「天性？誰沒有天性？性別能夠決定誰能懷孕，怎麼能夠決定誰的性欲有無？人很難抵抗誘惑，尤其是心裡有迷惑的時候……」她嘆息了一聲，「性很親密。現代人太孤獨，連一點親密都得從性裡追求……」

書彥微笑，像是滿天的烏雲被吹散開來，一片澄澈。「芳詠，妳是我的心理治療師。聽妳說話……突然豁然開朗。」

她也輕笑，「那是你願意聽。好好照顧你大嫂。她現在真是四面楚歌。」

他的確很努力的照顧她。三天觀察期一過，她憔悴的出院，住進一家小旅館。「該開始找房子了，」欣怡苦笑，「我沒那個財力住旅館。」

幫大嫂拿存摺的時候，他嚇了一跳。大嫂每個月賺那麼多錢，卻沒什麼積蓄。

「什麼不要錢？」她倒在床上躺著，「房貸要錢，保險費要錢，吃穿用度，哪樣不用錢？婆婆也奇怪，明明有兒子，卻什麼都跟我要。」

她冷笑。

「……對不起，大嫂。」

「為什麼要對不起？」神情悽楚的將臉埋在枕頭上，「不是你的錯，是我的。我不該嫁給你大哥……不，我不該結婚。」

「大嫂……」

「不要叫我大嫂！」她生氣起來，「叫我學姊！我斷掉了，你知不知道？我已經彈性疲乏了！我不願意在這場婚姻裡折磨盡我的所有人生！夠了……」她蒙住臉，「……叫我學姊……」

「學姊……」輕輕拍她的肩膀，「學姊，不要難過了。我打電話跟趙先生報過平安。他很想知道妳的下落……」

「他不重要。」她神情委靡，「在那個時間點……我很脆弱。就這樣而已。」她抬頭，「學弟，你對我真好。謝謝。」

書彥臉紅了一下子，「學姊，這是應該的。」望著她萎靡的神情，「學姊，振作一點。我一直是很喜歡妳的……不要說什麼謝謝。」突然鼓起勇氣，「學姊，妳大概不知道，我暗戀過妳。大哥跟妳結婚的時候，我很不好受……但我也希望妳幸福。」只是幸福居然沒有降臨。

「真的？」她吃了一驚，怔怔的望著這個從以前到現在一直疼愛的學弟，現在她才發現，書彥已經不是孩子了。

不，他一直不是孩子。

「……我現在腫成這樣，」她淒慘的一笑，「所有的暗戀情愫都跑光了吧？」

「不！在我心目中，學姊永遠是那個溫柔聰慧的學姊！」他衝動的抱住她，這才覺得失策。

欣怡依在他胸口，「真的？」擁住他，嘆了口氣。

然後事情就發生了。

他實在搞不懂自己……也搞不懂學姊。為什麼他們會這樣驚慌的接吻和脫著彼此的衣服，為什麼他們會這樣索求彼此的身體。或許，這幾天發生了太多的事情，身心都被衝擊得有些承受不住，也或許他們預見了一個家庭的崩壞，覺得驚慌失措。

說不定，脆弱的學姊想回報他的一片痴心吧。

這一切說不定也都只是藉口。

驚慌的相濡以沫。他們瘋狂的纏綿，像是沒有下一刻。當他激昂的進入學姊的時候，她猛然一昂首，像是被火熱的兇器刺進體內，臉上盡是發著油光的欲望和苦楚。

他釋放欲望像是釋放自己的疑惑。

等呼吸平靜下來，他攬著學姊，空茫的撫著她的頭髮，「對不起。」

「為什麼？」她反問。

他也不知道為什麼。「……我覺得有罪惡感。」

「對南芬？」欣怡的聲音慵懶嘶啞。

「不。我在台北已經有女朋友了。」他第一次在熟識的人面前承認芳詠的存在，「她姓李，李芳詠。」

「很美的名字。」欣怡枕著自己的手，「會有罪惡感？」

「是。我和她協議，若是在一起，就要盡量忠實。」他的心沉了下去。萬一芳詠知道呢？她知道的時候會不會拂袖而去？

欣怡輕嘆一口氣，「所以，沒有什麼事情是絕對的。我剛剛並非蓄意。」

「我知道！是我不好……」書彥急著說。

「不，你沒有什麼不好，就像我沒有什麼不好。」欣怡的眼睛看著虛無的遠方，「只是事情就這樣發生了。這個時候，我突然原諒了書殷的外遇……因為我也了解一點點他的感覺。」

她下床，赤裸著走到窗邊，拉開厚厚的窗簾，月盤帶著驚人的明亮照進旅館小小的房間。

「情欲這麼令人沉溺。但是，背叛又那麼的令人難以忍受。其實，他喜歡豔麗豐滿，知情識趣的風騷美女，但，他又擔心這種女人不免外遇令他蒙羞。所以他選擇了我。」微微的拉了拉嘴角，「我在他之前，沒有男朋友。這點讓他很滿意吧。他需要一個妻子在家裡盡孝道，看起來，這樣清純的女孩子應該沒問題……他倒是無法預料之後的事情……」

她張開雙臂擁抱月光，臉上流轉著舒暢和愉悅，「我以為我的人生已經完結了。既然已經嫁給他了，除了努力，我沒有其他辦法讓他重新愛我。但是……」她深深吸一口氣，「但是，為什麼我要為了少年一個錯誤的抉擇，賠上我的一生？我還有這麼長的日子要過。他能給我什麼？在婚姻中，只有我是施予的一方，他從來也不曾給。連性也是這樣。我只能苦悶的等待他『恩賜』給我。這不是很可笑嗎？」

她轉頭對著書彥，「努力開發我的情欲，等我了解情欲之美的時候，嘲笑我的淫蕩？肚子餓了就要吃，情欲來的時候就需要紓解。為什麼他可以自我放縱，卻認為我只能安靜的忍耐等待他的臨幸？不過，我也原諒他了。放縱和墮落的確有種快感在，各式各樣的男人，的確有不同的感受。我現在懂了，雖然浪費了這麼多年的時光……」

欣怡不停的說著，眼睛有著瘋狂的清醒。他根深柢固的道德觀念受到極大的衝擊，只能默默的聽她說下去。

只有月亮冷著臉，陪著他聽。

倦極睡去，醒來時，欣怡已經不知去向。沒有隻字片語留下來，只在鏡子上用口紅草草的寫了兩個字：「謝謝」。

他驚慌的套上衣服，衝了出去。太陽已經升起，但還掛著蒼白的月，尚未落下。

他愣愣的回到家，喝得酩酊大醉的書殷眼睛睜開一小條縫，「回來了？那個賤女人死了沒有？」

書彥的反感很快就打敗罪惡感，「學姊好得很。你不用上班？你看你這是什麼樣子？」

「學姊？幹！沒錯，她是你學姊。怎麼？現在變成學姊，不是大嫂啦?!她想離婚是不是？別想！你看她把我毀成什麼樣子？把我們家毀成什麼樣子？我們一家人頭都抬不起來了！我一輩子要帶著這個綠帽子被人指指點點……我不會善罷甘休的！」

「為什麼學姊和別人做愛會毀了你，而你這麼做不會毀了大嫂？」他冷冷的回答，看著書殷張目結舌，「你不用現在回答我。等你想清楚再告訴我。」

「那個爛女人把你洗腦了。」書殷抹一抹臉，「她居然把你洗腦了。你不是我認識的小弟了。」他搖搖晃晃的站起來，「她毀了我們一家……我不會放過她的……」

我有什麼不一樣嗎？他悚然一驚。

和芳詠生活的這段時間，他的確漸漸轉變。

滿懷心事的躺回床上，睡吧。睡醒才有力氣解決南芬這件事情。偏偏越躺越清醒。

不能拖下去了。

他打電話給南芬，卻沒有人接電話。打她手機，她關機了。

這是從來沒有的事情。細想想，不禁笑了起來。南芬一定還在學校。

當學生太久，幾乎忘記老師的規律生活。

他心平氣和的在她的手機留言，這才朦朦朧朧的睡去。

直到她的電話把他吵醒，他才知道，他已經睡掉一整個白天，天都已經黑了。

「南芬？」他用力甩甩頭，「下課了嗎？」

「嗯。」她的聲音有說不出的喜悅，「什麼事？我聽到留言就趕緊打過來。」

這種事情不能在手機裡解決。他深吸一口氣，「南芬，有空嗎？有些話想談談。」

「我馬上來。」

「不！」他急著說，「我們約在妳家附近的公園吧。附近有些小咖啡廳還不錯。」

這些年，都是她不辭辛勞的過來，到了最後，也該是自己過去的時候。

已經提早半個小時來了，遠遠的，還是看到南芬白衣白裙的走過來，飄逸柔美的身影，令人望之忘憂。

她卻是書彥心中最深沉的煩惱。

「等很久了嗎？」她的聲音這麼溫柔，卻無法在他心裡引起什麼感動。到底是為什麼？

「是我早來了。」他勉強笑了笑，「去喝咖啡？」

南芬搖搖頭，紅著臉，「……我們散散步好不好？我們還沒有一起在公園裡散步……」

心一緊，有些說不出話來。「好。」

她的要求居然這麼低微。

默默的散了一會兒的步，南芬心滿意足的將手插在他的臂彎，一面瑣瑣碎碎的談著學校的事情，誰愛上誰，誰又跟誰結婚，誰又有了小孩。

她的世界就是這麼大。小心翼翼的當個可人的女孩子，希望討大家喜歡。她無須思考人生的意義，也不用為未來煩惱。只要循規蹈矩的照著大人規劃好的路線走，她可以當一輩子的乖孩子。

「妳沒有什麼企盼嗎？」以前曾經問過她，「妳的未來？妳的人生？」

她驚慌了一下，「我沒有什麼企盼。」又羞澀了起來，「我的企盼……只有你。」

將所有的人生都企盼在我身上？這讓他惶恐。

芳詠的回答就不一樣了。

「企盼？你這麼問，我怎麼說得完？如果可以，我想去日本留學。如果學成了，我想回台灣繼續我的教育大業——開個與眾不同的幼稚園。」滔滔不絕了半天，書彥悶悶的問她，「妳去日本，我怎麼辦？」

「拜託，你也有你的人生要過。」她笑了，「如果你真的沒什麼大計畫，你可以來日本幫我煮飯洗衣服。我會在東京，記得來找我。」

他也笑了。

「……書彥？」南芬喚他，「你在笑什麼？我剛剛說的有這麼好笑嗎？」她多麼喜歡他那粲然的笑容啊！

「沒什麼。」他收斂心神，「南芬，我有很重要的事情要告訴妳。」

她似乎知覺了些什麼，咬了咬嘴唇，抬頭專注的看他。

這樣乞憐的眼神……

書咬咬牙，「南芬，我們分手吧。我在台北已經有女朋友了。」

她沒有說話，只是驚慌的吸了一口氣。整個公園靜悄悄的，沉默無聲的填充著。

「……我不要分手。」她終於開口。

「但是我在台北……」

「不要緊。」她將頭別開來，「男人都會尋花問柳的。這我還能忍耐。你總是要畢業的。等你畢業，總是要回台中來。」

書彥一時說不出話。「我不愛妳，南芬。」

「你會愛我的。」她哭了出來，「總有一天，你會知道，除了我以外，沒有人會比我更愛你。求求你，不要這麼殘忍……誰都會離開你，就是我不會。我不分手，我絕不分手！這麼多年了……我們也有過快樂的時光……不要這樣輕易就放棄……我求求你……」

「……對不起，我沒辦法。」書彥狠下心，不去看她頰上晶瑩的淚水。

「我不要分手。」南芬抬起頭，臉繃得緊緊的，「我絕對不要。你會發現，最後你也只剩下我而已。」她轉身跑掉。

望著她哀慟的背影。書彥心裡有著說不出口的歉疚。

但是，就是歉疚而已。他無法因為歉疚跟她過一輩子。這是我的人生。

因此，他更急著回台北。回去芳詠的堡壘，將這一切紛亂都阻擋在外面。

他連兩個小時的車程都無法忍耐，也不顧母親哭哭啼啼的要求，他敷衍著，「媽，我就快畢業了，得趕緊回去準備口試。我會回來的，我保證。」

他連夜飛回台北，從來沒有這麼喜歡這個城市過，即將降落在松山機場的時候，他覺得每個朦朧閃爍的燈光，都像寶石一樣。

衝進他們的家，他高喊著，「芳詠，我回來了！」

一片靜悄悄。

這麼晚了，她怎麼不在家？環顧四周，發現家裡有些不一樣。她喜歡看的漫畫和散落的VCD不見了。客廳整理得整整齊齊，不見的都是她的東西。

為什麼？

拚命敲著芳詠的房間，一面大聲叫著她的名字，他衝動的開門，發現房門沒鎖。

她的房間裡雜亂，像是匆匆忙忙的離開，打開衣櫃，什麼也沒有。

發了好一會兒的怔，才發現桌子上有些東西。

和房東打的租賃契約，註明租約到今年七月。另外有張收據，芳詠把到七月前的所有房租都繳清了。

另外還有條半溼的手帕，散著淡淡的，ANNA SUI 的香氣。

只有這麼一封沒有字的情書，浸滿了眼淚？

到底發生什麼事情？他茫然了。

好不容易熬到天亮，跑到幼稚園找她，芳詠的同事詫異的看著他，「芳詠不是去日本留學？怎麼？當男朋友的人不知道？」

日本?!什麼也沒說，就這樣去了日本？

芳詠像是一滴淚珠，消逝在廣大的世界裡。沒有親人的她，想要隱遁是如此容易。

回到家，他靜靜的坐在客廳，從上午坐到伸手不見五指。

打開電視，正好是柯南。這是芳詠從來不會錯過的節目。他抱住頭，突然了解了芳詠被遺棄的感覺。

了解是了解，卻無法原諒她的不告而別。

「不要愛上我。」她慘白的小臉有著悽楚，「因為愛是一種酷刑。如果你有一點點愛我，就不要愛我。」

但是，妳怎麼樣挖開我的心臟，命令我不要愛妳？男人就沒有感情、沒有血淚嗎？難道我就不會傷心、不會哭泣嗎？

他大哭了起來。

為什麼，愛情對他總是這麼殘忍？為什麼愛上一個人，總是要傷心？

他付出所有，卻莫名其妙的被終結？誰來告訴我？

他的眼淚似乎都屬於愛情。芳詠說得對，愛是一種酷刑。

書彥想不起來怎樣通過碩士口試的。或許教授們都知道他失戀了，走到哪裡都是同情的眼光。

他受不了。

口試通過後，他將自己封閉在家裡，怔怔的坐在芳詠的床上，嗅聞著她殘存的香氣。而香氣一天淡似一天，他又買了一瓶ANNA SUI，打開以後覺得很惶恐。

「小姐，」他跑去問專櫃小姐，「妳是不是拿錯香水給我了？這味道不對。」

「這不像擦在我……」他的心一陣刺痛，「不像擦在女朋友身上的味道。」

「那當然，」小姐笑了，「香水擦在不同人身上，會創造不同的香氣。你喜歡那種香味？叫她擦在身上不就好了？」

如果我知道她在哪裡的話。

默默的回家，將香水擦在自己身上。果然，那種淡漠的溫柔不見了，卻有著火辣的痛苦感。

他無法忍受這些。衝進自己房間，開始拚命整理行李，不，我不能再待下去了。他要離這個充滿回憶的房子遠遠的。

回到台中的家，他倒下來大睡了幾天。

因為大嫂的事情，母親一下子蒼老了許多。看到他像是大病一場的樣子，更是急得掉眼淚。

她焦急得到處求神拜佛，有天半夜，他聽見廚房有人在哭。

大嫂？

走進廚房，母親坐在大嫂坐過的地方，掉著眼淚，守著一鍋燉肉，連等待的姿勢都類似。

這是女人終生的宿命嗎？他默默的走進廚房，輕輕拍著母親的肩膀。

「阿彥……我們家是怎麼了？流年不利成這個樣子？不應該娶那個女人

的……」她哭泣。

自從那個不孝的媳婦離家出走以後，家裡的經濟重擔突然重了許多。每個月都得拿出一大筆房貸和生活費，家裡所有的家事也都落在自己的肩膀上。她已經老了，實在力不從心。

她哭著，書彥輕輕抱住她，「媽，我就要回來教書了……」沒有芳詠，他也失去繼續念書的動力，「我和哥哥會把家撐起來的。我們請個菲傭吧。妳不要太累了。」

「書彥，求求你……你娶南芬回來幫我吧……」她越哭越厲害，「我老了，沒辦法把家打理好……求求你娶她吧……」

他沒有說話。

娶南芬不好嗎？母親喜歡她，她又是家事高手。每次來家裡，不管是理家或烹飪，都讓母親讚賞有加。而且，她又愛自己。

「請個菲傭吧。」他嘆口長氣，不能夠因為這點方便，就娶她回來受苦。

沒想到連請三個菲傭，最長的只撐過兩個月。誰也受不了母親的挑剔。

不知道母親跟南芬哭訴些什麼，南芬一下班，就過來幫忙做家事。

「我會付妳薪水。」他看著忙碌不堪的南芬。

她抬頭看了書彥一下，又低下頭，「……不用了。反正閒著也是閒著。能幫到伯母就好。」

他放棄說服她的念頭。

被愛也不錯。他漸漸會麻木的這麼想。起碼不管他怎麼對南芬，她都無怨無尤。他無須關心南芬，也不用管她怎麼想，只要好好坐著，她就會把他服侍得服服貼貼。

這也是他不積極拒絕母親去提親的原因。

「我不愛她。」他有些厭煩的。

「不愛她？」母親瞪起眼睛，「不愛她跟人家走這麼久？南芬有什麼不好？你說說看。」

他悶悶的，「沒有。」

「既然沒有，你給我閉嘴。」母親很火大，「你們兄弟倆存心氣死我是不是？你哥的婚事不讓我管，你的我非管不可！不管怎麼樣，你一定要娶南芬，沒得商量！」

「就算南芬嫁給我，也不會幸福的！」他也大聲了起來，「我不愛她就是不愛她！如果這樣也沒關係，」他轉身出去，「我無所謂。」

婚事還是熱騰騰的辦了起來。他事不關己的看著整件事情發生，卻沒有參與任何意見。

「……試試看好不好？」南芬小小聲的說，「說不定你能夠愛我……一點點就可以。」

凝視她小心翼翼的神情，他不是不感動的，「南芬，妳我都很清楚，其實我們沒有真正的談過戀愛。」

「我知道。」她的聲音很小，「之前你心裡只有學姊，後來……你去了台北，心裡又裝了別人……只不是我。」她低下頭，「但是，沒關係。我相信時間會改變一切。我們會幸福的……」她的聲音越發小，「相信我好嗎？」

他嘆口氣代替回答。

「……或許妳是對的。」他的心情越來越沉重，「最後只有妳在我身邊而已。」

他放棄了抵抗，或者說，芳詠的不告而別，拿走了他所有抗爭的勇氣。說起來，都是自己不好不是嗎？若是對南芬沒有意思，就不該接受她。接受了以後覺得不行，就不該跟她去看電影逛街聽音樂會，不該讓母親把她當成準媳婦一樣對待。

不該跟芳詠在一起這麼久，才痛下決心，決定跟她終結關係。她多少年的光陰都浪費在他身上啊……女人有多少青春？

不溫不熱的對她，所有的熱情全都消失殆盡。也好，若是愛情這麼痛，或許讓另一個痴心人得到幸福，或許也足堪安慰。

芳詠像是蒸發了一樣，連學姊也不知所蹤。

學姊，妳在哪裡？想到出軌的那一夜，他除了罪惡感，還有種臉紅心跳的感覺。

這種感覺，接到學姊電話時不但沒有消退，反而更明顯。

「學弟，還好吧？」她愉快的聲音明亮，「聽說你要結婚了？」

他短促的一笑，「學姊妳呢？妳還好嗎？」

「我？」她的笑了，「我當然好。怎麼樣？放學了吧？找個咖啡廳聚聚吧？我在你們學校附近。」

看到她臉上的傷痊癒了，書彥放下心來，「幸好沒有破相。」

「誰說沒有？」她淡淡的伸出手，「你看這條蜈蚣似的疤痕，難看死了。」

觸目驚心的傷疤在雪白的皓腕上蜿蜒，書彥不忍的輕觸了一下，「不能消除嗎？」

「當然可以，」學姊笑笑，「只是不想消除。用這個疤提醒我自己，婚姻和愛情有多麼愚蠢。」

他也有這種荒謬感，卻身不由己的走進去。

「妳到哪裡去了？」跑到美商公司卻找不到學姊，他不禁錯愕，天知道學姊在這家公司花了多少力氣。「辭職也不說一聲。」

「太狼狽了，不好意思讓你看到，我現在跟幾個朋友合開了一家遊戲軟體公司。他們負責軟體，我負責行銷。沒問題的，雖然不能跟以前的公司比，生活反而寬裕許多。」

學姊的表情果然開朗多了。當年溫柔聰慧的學姊雖然不復見，但是此時的她卻神采飛揚。

「跟趙先生一起？」他問。若是如此，他會安心多了。

「怎麼可能？」她詫異，「他也有他的日子要過。再說，他的專長不在這裡。他又去了另一家美商公司，還是獵人頭公司挖角的呢。」

他默默。書彥知道，大哥把事情弄得多大。他跑去學姊的公司大吼大叫摔東西，當著那麼多人的面對趙逸樺動手。更糟糕的是，趙逸樺不是打不還手、罵不還口的人，反而把大哥摔出公司。

不過，他和大嫂的緋聞也讓高層嚴重關切，最後兩個人在壓力下都辭了職。

「夠他們講好幾年了，」學姊笑，「美商公司多悶，有些八卦好聊，也算是功德一件。」

「看到妳好好的，我很高興。」他握住學姊的手，覺得有點僭越。想抽回來，學姊卻握緊他的手，用力搖了兩下。

「我也很感謝你，學弟。」她微笑，「讓你這樣的人暗戀過，我實在榮幸的緊。你和你大哥完全是兩種不一樣的人。當年實在我還小，居然會喜歡這種浪子……你知道他多蠢？我跟他提離婚，他居然要我拿三百萬出來當遮羞費！天哪……那真是我愛過的人嗎？」她笑著扶扶額角。

書彥臉紅起來，「他只是不想離婚。」自從那個清晨起，大哥連正眼都不看他一眼，更別提說話，所以他還是第一次聽到這回事。

「這也是有，只是若非離不可，他還可以大撈一筆而已。」學姊很自若，「我已經具狀訴請離婚了。那張傷單應該很有用。」

雖然自己的哥哥這麼過分……「學姊，請妳不要告他……我知道這樣很沒有道理……」

「我又沒告他傷害罪，」學姊的神情冷冷的，「我只是要求法官讓我自由罷了。更好笑的事情在後面，他要告我通姦。無憑無據，我看他能告我什麼，他對我吼，當初就該帶警察、攝影機來捉姦，真真千金難買早知道……瞧，外面那個晃來晃去的卒子就是他請的徵信社。」

書彥望著抖腳的小混混，不禁噗的笑出來。

「如果沒有意外，我大概能夠自由吧。」她微笑，感傷的，「沒想到自由的果實這麼苦澀……要花這麼多心血眼淚才覺悟。我的確是笨的。」

學姊啜了一口咖啡，「別談我了……真的要跟南芬結婚？你台北的那個女朋友呢？」

「……她消失了。」一說到這件事情，他的心還是一陣痛處，「我完全不知道發生什麼事情，她就這樣消失了……」

學姊點起菸，凝重的看著他。「有件事我不知道該不該講。」

「請說。」學姊為什麼這麼欲言又止？

她默默的抽了一會兒菸，「學弟，你覺得南芬是個怎樣的女孩子？」

南芬？「是個很安靜，很乖的女孩子。很會作家事和烹飪。」

捻熄了菸，「學弟，恐怕那只在你面前。」她考慮要怎麼說，「她曾經來找我『談判』過。那時我還不知道你……你對我的心意。但是她已經來找我了。」

她還記得形象柔美的南芬是多麼猙獰的逼過來，「學姊，我希望妳了解，書彥和我在一起。我想妳不至於破壞我們兩個吧？」聲音非常尖利刺耳。

「不只是我，」她玩著打火機，「還有其他的女孩子。只要對你有一點點好感，就會被她……呃……『嚴重關切』。」曾經有女孩子嚇到哭出來，「總之，你還是多了解她一點。」

南芬？南芬會做這種事情？所有的疑團漸漸的在心裡拼成完整的拼圖，他覺得有點惶恐。

「沒什麼事情了。祝你幸福。」學姊和他擁抱了一下，「我的確希望你幸福。不管你娶不娶南芬。」

看著她瀟灑的背影，書彥忍不住叫住她，「學姊！」

她回過頭。

「妳後悔嫁給哥哥嗎？」經過這麼多傷害……還是說，甜美的愛情之酒終會被歲月釀製成酸澀無法入口的醋？

「這是個很難回答的問題。」她想了一下，「事實上，並不。如果我沒試過，怎麼知道結果？排拒一切可能，就連那一點點的甘美都嚐不到了。」

她的神情溫柔起來，「我們剛結婚的時候，我相信，他的確愛過我的。只是這個事實，讓之後的背叛和忽視，特別的令人難以忍受。」

她微笑，那是走出陰霾後的笑容。他這才發現，學姊和芳詠有點相似。不過，他分得很清楚，芳詠是芳詠，學姊是學姊。

要怎麼跟南芬開口，他煩惱了幾天。

他跟幾個學妹學姊連絡，提到他和南芬準備結婚的事情，有人沉默，有人慌張，雖然最後都會恭喜他，他卻嗅到一點不尋常的氣息。

為什麼芳詠會不發一語的離開？到底和南芬有什麼關係？

試禮服那天，他開口，「南芬，紀慧要回來了。」

「紀慧？」她滿臉的迷惘，「紀慧是誰？」

「我台北的女朋友。」

「紀慧？不是李芳詠？」她的臉色蒼白了一下。

「我從沒說過她的名字，妳怎麼知道的？」書彥覺得有些難過，雖然不愛南芬，畢竟這麼信賴她。

「那是……」她慌張了，「那是媽跟我說的。」

「我媽怎麼會知道？我從來沒跟她說過。」

穿著華美的結婚禮服，南芬小小的臉滿是茫然。婚紗攝影播放著結婚進行曲，像是一種諷刺。

「妳說說看，妳怎麼會知道的？」書彥逼近她，「她會失蹤，和妳有沒有關係？」

「當然和我沒關係！」她焦躁的把花往地上一摜，「她又不打算和你結婚，又不打算和你有孩子，你要她幹什麼?!」

「我也不打算和妳結婚，也不打算和妳有孩子，妳要我幹什麼？」書彥沒想到居然是這樣的。「妳見過她？妳跟她說什麼？我留言的時候，妳根本不在學校？妳到台北去了？是不是？」

「……我不知道，我什麼都不知道！」她激烈的大叫，真正的展現了她的個性，「我只知道，你媽到我家提親了，而我們要結婚。這是我多年的夢想，你不能夠反悔！不管我做了什麼，你都得娶我！」

「妳到底做了什麼？」他疲倦的抹抹臉，「跟她說什麼？說我是妳的人？是嗎？還是兇惡的逼退她，像是妳逼退想像中的情敵？像是妳跟學姊談判那樣？」

「那個賤女人，」她咬牙切齒，「大哥為什麼不打死她？省得她到處嚼舌頭?!」

書彥悲哀起來，看著南芬柔美的臉猙獰的扭曲。她也只是愛的受害者。

「我並不怪妳。」他柔聲，「說到底，是我的優柔寡斷害了妳。南芬，妳已經不是孩子了。看看我，我只是最普通的一個人。妳不是公主，我也不是救妳危難的騎士。妳該從童話世界清醒過來了。」他凝視南芬很久，她只是粗重的喘氣，「但是，在錯誤還能挽回的時候，我們分手吧！」

「你怎麼可以這樣？」她慌張的拉住書彥，「大家都知道我們要結婚了！你這樣子，我的臉往哪裡擺？你不想我也想想伯母，你叫她怎麼辦？」

「我不在乎。」他厲聲，「我早該這麼做了。若是我還一直錯下去，這才令人難以忍受。我當初就該拒絕妳拒絕到徹底，而不是這樣不置可否。」

「你若走，就是殺死我。」她輕聲的說。

「若是妳要死，我也會賠妳一條命。但是死很容易，用漫長的一生造成兩個人的痛苦，是非常痛苦的酷刑。」書彥決然的走出婚紗攝影，外面的陽光非常刺眼。

他要毀婚，引起軒然大波。喜帖都寄出去了，親戚朋友議論紛紛，他的母親整天咒罵他，怨天怨地，他只是木著臉，垂著眼睛，不發一語。

「孩子，你不該讓你媽如此傷心。」父親也非常傷心。

「……這只是一時的。」他安靜的說，「總比拿一生來葬送好得多了。」

「就不能為了你媽？」父親嘆息。

「……對不起。」他的確不是個孝順的兒子。

和南芬同學校是很難堪的……看她越來越蒼白，越來越消瘦，他自責越深，最後他受不了了，終於決定離開學校。

「你要辭職？」校長皺起眉，「這又是為什麼？你擔心議論嗎？說實話，南芬這麼好，你到底對她什麼地方不滿意？多少人在追她，她一直都這麼堅貞……」

「請成全我。」不是她不好。真的。她即使不擇手段，也是為了自己。真的，她沒有什麼不好的。

不好的只是我。是我這個優柔寡斷的笨蛋。我愛上了一個冷冷的女孩子，她就像是 ANNA SUI 一樣，有著冷漠的溫柔。

順利辭職的那一天，沒有人送行。每個人都在背後竊竊私語，他也很坦然。

這是我該承受的。這一切，都是我的錯。

南芬走進教職員室，其他的老師藉故都離開了，只剩下他們倆個。

「就這麼一走了之？」她蒼白透明的像是鬼魂一樣，「就這樣？我這幾年的愛戀和努力呢？就這樣煙消雲散？」

「對不起。」

「我這幾年就賺到這三個字嗎？」她狂怒起來。

「要不然呢？妳希望我怎麼做？」他停下整理東西的手，定定的望著南芬。

「你不是說，你要賠我一條命嗎？」南芬漸漸瘋狂，聲音越來越不穩，「賠我！把命賠給我！」

「拿去吧。」他坦然的面對，「這是我欠妳的。」

她衝過來，手裡拿著尖銳的美工刀，刺進他的胸膛。尖銳的痛楚衝進大腦，無意識的擋了一擋，南芬卻像是瘋了一樣，「不要擋！你不是要賠我命嗎？賠我賠我賠我～」

是呀……不是允了她，要賠她一條命嗎？他被刺了許多刀，倒在地上，血汩汩的流。

「很痛吧？書彥？很痛吧？」她哭著撫著他被血浸染的胸口，「一下子就好，你再忍一下……我陪你過去，我不讓任何人……我不把你讓給任何人……你是我的，你是我的……」

她瘋狂的在手腕割了一道又一道，書彥很想叫她不用如此，卻已經說不出話。意識漸漸模糊的時候，聽到其他女老師的尖叫……

奇怪的是，他居然覺得安心。被愛，好沉重。這樣應該還清了吧？她這麼多年的奉獻……應該還得清了……

* * *

居然還能睜開眼睛，他自己也覺得意外。

大哥焦躁的坐在床頭，看見他動，鬆了一口氣，「別動！你失血太多了……」

「南芬呢？」嗓子居然這麼乾啞。

「……她還活著。比你還早脫離險境。」大哥的下巴都是鬍渣，不知道多久沒刮了。「你到底要讓人操心到什麼時候？」

「不要怪她……」

「如果這麼為她著想，為什麼不娶她？」大哥抱怨，「算了算了……這麼恐怖的女人，不娶也好。……」

他望著醫院的天花板。「是我對不起她的。」

之後，他堅決不願意提出告訴，南芬後來到療養院療養了一段時間。

對她的歉疚，大概一生都無法償還了。要毀掉一個人多麼輕易，以愛之名。

等傷癒以後，他到台北謀職，到一家補習班當導師，主科英文。母親對他丟了金飯碗和離家遠走頗有微辭。但是，大哥又娶了新嫂子，還是照著學姊的路子重演一遍。只是新嫂子沒有學姊的好耐性，她拿出全副戰鬥精神攪得全宅不安，他實在受不了這樣的折騰。

芳詠，妳說得很對，愛是一種酷刑。誰也沒辦法離開這種輪迴。連這樣想念妳都是痛楚，我不知道幾時才能解脫。

他把芳詠留下來的手帕灑上ANNA SUI。這樣的香氣才對。每天回到家，不忘拿著手帕說說話，就像芳詠還在一樣。

在這個繁華的都會，他的臉孔漸漸森冷，也和芳詠一樣，開始看漫畫和卡通，打發每一天的空白。

每逢寒暑假，他婉拒補習班主任開寒暑期班的要求，整理好行囊，飛去日本，一家家學校的尋找芳詠的身影。

他不急。每踏到日本的土地，他總覺得離芳詠又近了一點。每到一個新奇的好地方，他都會想，芳詠來過這裡沒有？如果沒有，我要記下這裡，將來帶她來。

兩年間，四個寒暑，他沒找到芳詠，日語卻越來越好了。

先找遍了東京……但是，東京真大呀……不過，他沒忘記芳詠的玩笑話，工作之餘，他開始上烹飪課，有自信可以讓芳詠露出幸福的笑容。

真的很想她，書彥把這些想念全寫進她收不到的信裡頭：

「芳詠：

又是一個寒假過去了。我只好趕緊回來開學。如果旅費夠的話，我真希望能夠一直尋找下去。我現在已經可以用很少的旅費旅行了。

或許再一年，我就能夠存夠旅費，專心來找妳。

妳會在哪裡？我還以為日本很小，事實上，日本很大，比我想像中的大。我像是在做環日本全國院校之旅。只要有開教育課程的，我都不忘去找看看。每畫一個叉，我就覺得又發愁又開心。發愁的是，滿腹希望，卻還是找不到妳。開心的是，範圍又縮小了一點點。

我已經看完宮崎駿全集了，現在正在看《五星物語》。心裡很有感觸，等我看完以後，再告訴妳。

我不會放棄希望的。總有那一天。總會有找到妳的一天。

書彥」

「芳詠：

之前我們住的房子，現在又空下來了。我已經跟房東談好，就要搬進去了。

記得嗎？我跟妳說過，這是芳詠的城堡。現在，我還是這樣想。

住在最後留有妳氣息的地方，我覺得很安心。

或許有一天，會有那麼一天，我和妳攜手回到我們的堡壘，將這個世界隔擋在外面。

我的願望很小，只是和妳在一起。過盡千帆皆不是，這種滋味，我算嚐遍了。

當初我負南芬，今天失去妳，這是我的報應。只是，不相信愛情的妳，懷著怎樣的心思離去？我握著已經乾涸的手帕，想著妳怎樣哭泣著，為什麼哭泣著。

我不該讓妳哭泣。

如果能再遇到妳，我絕不再讓妳掉淚。

書彥」

「芳詠：

今天有個女同事向我告白。驚愕之餘，我很清楚明白的拒絕了。

其他同事怪我殘忍，說那位女同事在廁所哭了好久，覺得我該委婉點。

委婉是不對的。

真正對她好的，是這種殘酷的慈悲。

讓她了解，絕對不可能，試都不用試。

人生這麼短，哪堪這樣嘗試必定受傷的事情？毀了一個南芬還不夠嗎？

前幾天悄悄去看她，她進步很多，聽醫生說，她的憂鬱已經好很多了，不用藥物也開始可以入睡。但是，我的確摧毀了她的人生。我會牢牢記住這次的教訓。

我不是劊子手，也沒有這種興趣。

書彥」

「芳詠：

今天我去參加了遊行。

說起來滿奇怪的，雖然是學姊主導，畢竟一個大男人混在『婚姻平等』、『同工同酬』的女權遊行隊伍裡滿奇怪的（雖然我不是唯一的一個），但是有些旁觀者還撇撇嘴，很不屑的說：『那些男的一定是Gay。』幾個一起遊行的男生氣得要上前教訓這些白目的傢伙，我勸住了他們，還搬出妳的『別人說』來解釋。說完了，幾乎所有的人都笑了。

笑了一下，我又覺得很寂寞。

跟妳生活在一起，妳的話實在不多。但是妳不多的話影響我這麼深。曾經以為這麼理所當然的事情，回頭一看，不知道自己怎麼能夠忍受這麼久的不公不義。

只因為我是既得利益者？

不，我只是浸淫在傳統思想裡太久，沒有細想過而已。妳豐美了我的人生，讓我不陷在『傳統』裡無法自拔。

看著學姊振臂高呼，實在滿有趣的。誰也想不到，學姊曾經是個溫柔不願出風頭的人。但她現在卻用著以前演英文話劇的聲量，向這個世界替弱勢的姊妹要一個公平。

不知道為什麼，我想到唐·吉軻德。

若是跟妳坦白，就算找到妳，妳也不會原諒我吧？

但是，我的確在意外的時候，出軌了。一切都是我的錯。我希望妳了解，我並不是蓄意讓事情發生的。

妳可以保留原諒我和不原諒我的權利。

只是，我還是會繼續尋找妳。找不到妳，我怎麼能夠知道最後的判決？

振臂高呼的時候，我還是想著妳。等妳回來台灣，我希望妳也來一起走走。我知道妳討厭人多的地方，但是，我的確希望妳見見這些熱血的人。

很高興還有人的血液沒有冷卻。

開始變冷了，要記得加衣服。

書彥」

一封封寄不出去的信，漸漸堆滿一個皮箱。他不想太多未來，只是努力眼前能夠做到的事情。

他走訪楊阿姨，尋找芳詠童年的老師，漸漸漸漸，將他印象中的芳詠，完整的拼圖出完整的一生。

「李爸爸，李媽媽，」他恭敬的上墳，「我知道你們和芳詠都吃了很多苦頭。有時候家人就是無法磨合，畢竟血緣是很暴力的東西。不過，感謝你們生下芳詠。若不是跟她相遇，我的人生多麼貧瘠。為此，我感謝你們。」

找到已經出售的豪宅，這是芳詠童年住的地方。她的童年和惡夢都在這裡發生。

女主人詫異他的到訪。有些羞赧的把故事說給女主人聽，那個芳華已逝的女人，猶有風情的輕嘆一聲。

「何苦如此？」她輕輕的，「她說不定已經嫁人。」

「若是嫁得幸福，那也沒關係，」他臉上的潮紅還沒退，「我擔心她。非找到她不可。」

定定看了他一會兒，「痴兒，痴兒。那孩子說得對，愛是一種酷刑。解脫才能到達彼岸。」

「我不要去彼岸。」一個大男人說這種話，害他的臉越來越紅，「沒有芳詠，我去彼岸做什麼？我總是要找到她的。」有些悲戚，「我已經毀滅了一個女人，如果不看看芳詠，我這生都不安心……」

沉默了一會兒，「進來吧。老蕭，」她喚著管家，「讓這位方先生隨意走走。」

他在安靜的豪宅裡遊走。幾棟建築用迴廊溝通，極長也極曲折。他在有遮蔽的迴廊裡緩步，突然聽到孩子的哭聲。

他悄悄的蹲下來，輕輕握著小女孩的手臂，「芳詠？」

「叔叔，你是誰？」小女孩哽咽著，「你怎麼知道我的名字？」

看著她大腿和手臂的傷痕，無限憐惜的撫摸，「很痛吧？妳一直在這裡？」

「我是壞孩子，所以媽媽打我。」她又開始哭了起來。

「不，芳詠是好孩子。這一切，都不是妳的錯。」他擁緊這樣嬌小的身軀，希望能夠給她一點力量，「妳是好孩子。是好孩子。」

ANNA SUI 的香味洶湧。

「先生？先生！」管家搖搖他，「你怎麼在這裡睡著了？」

環顧四周，這才發現自己頰上掛著淚，屈身坐在迴廊的地上。

「這裡還是少來比較好，」管家一面領著他，「夫人不害怕，但是女傭怕得要死，聽說半夜還有小孩子的哭聲……」

童年的芳詠一直沒有離開嗎？

即將離開迴廊，他戀戀的看著後面的黑暗，輕聲說：「小芳詠？來吧。我帶妳離開這裡。」

眼角一閃，恍惚有個小小的影子，拉住他的衣角就不見了。淡淡的，淡淡的ANNA SUI的香氣。

或許是過度思念的幻覺吧。但是，又有什麼關係？他覺得被洗滌了許多憂傷。

「歡迎你再來。」女主人優雅的跟他握握手，「若是找到李芳詠，請帶她來，我想見見她。」

「如果我找到她的話。」

* * *

或許是憐惜小芳詠的緣故吧，他對補習班的學生也越發和藹。

有回瞥見學生的手臂上有被打過的紅痕，覺得分外不忍。

「怎麼了？挨過打？」下課以後，他留下那個有些叛逆的孩子。

「沒有啦，」青春期的孩子總是有些古怪，「打這麼幾下又不會死。靠，不過去網咖混一下，就得挨打，那個誰誰誰的爸媽都不會管他。我又不是沒念書。」

「網咖有什麼好？」他的確是老人家，不懂網咖的好處。看報紙只覺得網咖像是罪惡的淵藪。

「大人就是這樣，沒去過就說不好。老師，我賭你從來沒上過網。」

「不對，我當然上過網，只是沒興趣在上面鬼混罷了。」念研究所的時候，他混網路的時間很少。對他來說，網路只是查資料的工具。「所以，你帶我去看看好了。我想知道，網咖到底有什麼魅力。」

孩子狐疑的看著他，不過，他倒是真的帶書彥去了。

就是玩 Game？書彥跟他打了一陣子世紀帝國和暗黑破壞神，有些啼笑皆非，「就這樣？」這算什麼罪惡的淵藪？

「家裡也可以玩這些 Game 吧？」現在誰家裡沒電腦？

「在家裡就只能跟電腦玩，多沒意思。」他抱怨，「我家還是數據機欸，那種龜速，我能連到哪裡？」

原來是同儕關係呀。他隱隱的浮出笑意。

「不只是玩Game喔！老師，我在ＢＢＳ還有個人板勒！我教你怎麼上……」好不容易遇到願意聽他說話的大人，孩子幾顆青春痘的臉浮出笑容。

不願讓他覺得失望，他柔順的讓孩子幫他註冊，「老師，你想用什麼暱稱？」

暱稱？「你用什麼暱稱？」

「不一定啦，最近叫做『究極無敵德魯依』。」他嘿嘿的笑。

「你英文像玩暗黑破壞神一樣用功就好了。」他想了一下，「就叫做『曙光女神之寬恕』吧。」

「哈哈哈哈！老師，你好冷喔！」孩子笑得很開懷，「這是《聖鬥士星矢》裡頭冰河的絕招對不對？別以為我年紀小，就沒看過喔！這招絕對零度欸，真是冷透了。」

「也對，也不對。的確我覺得很冰冷……因為我的曙光女神，不知道願不願意寬恕我。」他有些喟嘆。

「曙光女神？」他的眼睛亮了起來，「老師有曙光女神？說嘛說嘛……我好想聽……」

好奇成這個樣子?!他笑了笑，盡量簡短的說了整個故事。沒想到，這個大男孩居然蓄滿了淚。

「老師，你還在找你的『曙光女神』嗎？」他用袖子抹眼淚。

差點被他勾出眼淚，書彥勉強笑笑，「當然，今年寒假我還會去找她。」

「我幫你找！」他很慷慨激昂，「這個故事借我寫，我一定會拜託大家找到『曙光女神』！」

他拍拍孩子，「寫是沒什麼，還是認真念書吧。這樣吧，你若週考考過我給你的標準，我陪你來網咖。算是校外教學吧。不過，你要用功讀書才行。」

「那有什麼問題?!」孩子就是孩子，握緊拳頭叫，「不管是功課還是曙光女神，交給我就對了！」

第二天，整個補習班幾乎都知道了。那孩子熬了一夜，把這個故事寫得有情有致，許多學生都來請他加油。

他很感動。只是他不曉得網路上發起轟轟烈烈的「尋找曙光女神」的活動，一個傳遞過一個，還有人熱心的翻譯成日文和英文，在各大新聞群組、電子報與轉寄信裡流通。

「老師！找到了，找到了！」就在他準備整裝到日本去的前夕，孩子興奮的打電話給他，「我們找到『曙光女神』了！她在北海道～」

他握著電話，有些暈眩。狂喜像是海嘯一樣擊倒了他，害怕這一切都只是夢。

若不是忘了帶錢包，或許她不會匆匆離開書彥。

她折回去拿錢包，正好遇到按門鈴的南芬。

「李小姐？李芳詠小姐？」她小心翼翼的問。

芳詠打量一下這個怯生生的美女，確定自己不認識，「我是。」

「……我是書彥的未婚妻。」她緊緊握著自己的皮包。

書彥有未婚妻？她發現久無波瀾的心居然洶湧著狂怒。我憑什麼生氣？她對自己的反應覺得惶恐。

「請進。」她讓自己冷靜下來，「書彥回家去了。」

「我知道。」南芬低頭了一下，「我來這裡，書彥不知道。」

芳詠靜靜的等她說下去。南芬以為自己會看到妖嬌或清純的女人，沒想到，書彥的新歡居然這樣冷靜沉著。這讓她有點著慌，準備好的台詞全都派不上用場。

「男人逢場作戲都是會的。」她鼓起勇氣，「我不怪他。但是……李小姐，妳還年輕，不用跟這種逢場作戲的男人認起真來……」

「我沒跟任何人認真。」她的聲音還是平靜的，「不過，妳怎麼知道我的地址和我這個人？」

「……書彥的媽媽打電話過來，是妳接的。她問過妳的姓名。台北的地址……也是她給我的。」她緊張的扭扭手帕，如果芳詠跟她大小聲就好了，偏偏她還是冷靜的面對，連聲調高些都沒有。

「……那妳誤會了。」她聲音淡淡的，「我只是書彥的二房東。湊巧我們住在一起而已。」

「只有你們兩個人住？」

「對。」

「……我不會把他讓給妳的。」她別過頭，「我們在一起很久了……我畢生最大的願望就是和他結婚，組織一個和樂的家庭。大家都是女人，請不要破壞別人的幸福。」

「我沒這個意思。」她盡力壓抑住自己的憤怒，「我不願意結婚，也不願意生孩子。妳若要跟方結婚，很好。只要他也同意，不關我的事情。」

「請妳離開他。」南芬懇求著，「求求妳。他是我的唯一……」

「他不是我的唯一。」不想看到這樣乞憐的表情，「我本來就準備到日本留學。妳想太多了。」她站起來，「或許妳該和書彥好好的深談一下，而不是跟我。」

她打開門。

「妳要離開他嗎？他可能一兩天內就回來了。」南芬不放心的回頭問。

「沒有什麼離不離開的。」她盡量平靜的說，「出國念書是我的既定計畫。」

等她走了以後，芳詠才發現自己沒問過她的名字。

不重要。她慌忙的收拾行李，一面收拾，一面不知道為什麼的哭。她握著手帕，在整理好的行李間哭個不停。

她以為自己的眼淚已經在童年裡哭盡了，沒想到現在還有這麼多眼淚。像是這幾年的積壓一起炸開來，措手不及。

我哭什麼？她不斷的問自己，我哭什麼？趁現在還離得開的時候，趕緊離開。她不想在書彥的人生裡占太重要的位置。

所有的人對她來說，都應該是過客。

她匆匆赴日，比預計早到半年。她決心遺忘過去，選了最冷的北海道攻讀。

這樣，誰也找不到她。或許她擔心沒有人找她，所以選了最遠的地方隱居。

北海道非常冷，夏日只有短短的時光。她卻很滿意這樣清冷的生活，只是，她遏止不住自己深夜的思念。

是的，她思念書彥的體溫，思念書彥的笑，思念書彥微微皺著眉的表情，思念他的一切。

不，是自己推開他的手的。是自己說，「不要愛我」。所以，他有未婚妻並不是背叛。

只是，為什麼還會覺得心臟開了個大洞？

她租了間寬闊的農舍。習慣坐在窗台賞雪。屋裡面有著很強的暖氣，她並不那麼怕冷。穿著寬鬆的毛衣，赤著腳，靜靜的，靜靜的。

除了課業以外，她發現，自己花了很多時間想念書彥。

我想念他什麼？她向來平靜的心湖起了陣陣漣漪。我想念他的身體吧。男人的身體都是一樣的。

她試著放縱，試著找其他同樣寂寞的人。結果她發現，雖然有著相同的體溫和激情，不一樣就是不一樣。

漫天大雪裡，她興味索然的回到自己的農舍，繼續看她的雪。放縱的滋味沒有想像中的好。是的，她以為情欲的力量很強大，所以會憶念書彥這麼深，事實上，似乎不是這樣。

在繁重的課業中，除了賞雪，她開始寫信給書彥。雖然她永遠也不會寄。

「書彥：

你應該跟未婚妻結婚了吧？原諒我不告而別。我叫你不要愛我，因為我對愛這樣的恐懼。但是現在……我發現沒有你，不管在什麼地方，都非常冷。

我選擇了北海道。因為這裡夠冷、夠荒涼。夏日只有短短的時光，滿山遍野的薰衣草田。搶過那短短的夏日，寒霜之後緊接著雪，我竟日看著雪，像是身心都被純白的雪掩蓋了。

如果真的能這樣該多好。

我羨慕你。你是個會哭會笑會生氣會愛的人。這些技能我一項都不會。但是在你身邊，我似乎也沾染到一點哭笑和生氣的感覺。我無法解釋現在的情形。我這樣畏懼愛這種名義帶來的嚴酷，我卻無法制止自己想念著你。

這種愛，我不懂。我從來沒有思念過誰。

但是要我終止，我也不願意。

心臟像是藏了小小的炭火，在北地微弱卻固執的燃燒。有點痛，卻有種想流淚的感覺，很溫暖。

說不定，這樣最好。你會恨我，也會在心裡，忘不掉我。

所有的未完成式最美麗。

我希望在你心裡保有這種美麗。

芳詠」

「書彥：

我幾乎變成日本人了。

日本人有禮而疏離，雖然對我這個少有的外國學生好奇，他們還是守禮的不多問什麼。

不過，因為我的用功，老師約見了我。她勸我這樣用功自然很好，還是需要休閒一下。聽說因為我太用功了，激發其他日本同學的民族意識，個個用功到深夜。

我聽了幾乎笑出來。日本人真是奇怪的民族。

不過，不念書能夠幹什麼呢？我不能成天想念你，我還有自己的人生要走。

今天老師幾乎是強押著我去輕井澤。他們熱愛夏天，輕井澤的初夏的確非常美麗。氣溫還是很低，大家已經迫不及待的穿上薄薄的春衣，戴上草帽。

我這個亞熱帶來的台灣人，在他們眼中分外神奇。我低頭看看自己的大衣，也笑了。

我反而喜歡冬天一點。到處都有暖氣，我不用穿大衣。

台灣的夏天一定很明豔吧？我開始懷念晒到脫皮的日子。

當然我也可以回台灣……但是我怕我忍不住會打聽你的消息。千山萬水的阻隔反而好，我可以默默的祝福你。

你這麼喜歡小孩，還是早點生吧。

芳詠」

「書彥：

今天有個同學欺負我。

我倒沒想到居然在千山萬水的冰天雪地見識到日本有名的校園欺負，更糟糕的是，大家都上大學了，還在玩這種愚蠢的遊戲。

她盯上我只為了我優異的成績和外國人的血統，她倒是支那豬支那豬的叫個不停。我？我沒有反擊。我一再的說『Sorry, please again ？』然後說上一大堆英文，她居然被我嚇退。

如果她知道我說的是暗黑破壞神的台詞，大概早就氣昏了過去。所以說，玩Game是很有意思的。

負笈在外，對一點點的溫情都會感動。我仍然討厭人群，網路提供了我一個隱遁的好地方。

沒想到會寫一點東西就能被喜愛，這倒是始料非及的。甚至有網友熱情幫我買暗黑破壞神寄過來，只因為我辛苦寫文章觸動他的心弦。

我在台灣的時候，那麼痛恨與人接近，連多說幾句話都不耐煩。沒想到到了日本，我卻會這麼想念的連回台灣的ＢＢＳ站。

收到包裹的時候，我心裡是很溫暖的。

在荒野探險，可以把白天的鳥氣一起出盡。我很快樂。

或許我會在網路上遇到你？不太可能。你不喜歡在ＢＢＳ瞎混。所以，我可以放心的寫點東西，算是散散心裡的瘀血。

只是我記得，是我放棄了，這絕對不是你的錯。

芳詠」

「書彥：

我做了個奇怪的夢。

夢見又回到老家的迴廊。其實這是很熟悉的夢境，我總是在迴廊尋找母親又逃離她。每次的哭泣都一樣劇烈，醒來覺得精疲力盡。

但是這次，我卻夢見一個陌生的叔叔，來迴廊領我出來。

我記不得他的臉孔，只記得淡淡的ANNA SUI的香氣。

不過，從那天起，困擾我多年的惡夢居然就這樣消逝了。

為了怕惡夢又從恐懼的深淵爬出來，我跑了好幾個地方，終於買到ANNA SUI。

我相信這熟悉的香味能夠驅除惡夢。的確如此。

搖著黑色的瓶子，裡頭有你的祝福。

我喜歡把那個叔叔想成是你。你的確引我離開孤寂。起碼，你在我孤寂的歲月裡，為我指出一條比較溫暖的路。

別擔心，雖然我是太平公主，還是有人追求我的。但是，我決定還記得你的時候，就不折磨別人。這對誰都不公平。

再說，沒有人會像你這麼傻的想溶解我的冰霜。再也沒有人。

你可以安心。你給我的關愛，我已經打包帶走了。這些回憶夠我用一輩子。

希望有見到你的一天。只怕那時你已兒孫滿堂，我也已經齒牙動搖。若是有那一天，我希望能夠告訴你……

我花了多少年才徹底忘記你。

這會是個很巨大的工程。

芳詠」

她停下打字的手，撿來的雪野貓親暱的蹭著她。

書彥的確溶解了她內心深重的冰霜。離開他才發現，自己受到他多深的影響。以前，她從不管其他生物的死活。有生必有死，這是自然定律，沒什麼好難過的。

現在……她開始注意到無辜的小生命，雪野就是她從雪堆裡救回來的。她擁著雪野貓，望向難得的晴朗冬天。「雪野，我本來想回台灣開家與眾不同的幼稚園。現在……我卻不想離開寒冷的北海道。或許，我該接受老師的建議，留在日本，印證所學。」

這樣，她就不會情不自禁的跑去打擾書彥安靜的生活。

靜靜的看著緩緩飄落的雪，鵝毛般，落地無聲。

只剩下憶念。

「你怎麼確定那是芳詠？」他的聲音顫抖。

「拜託，老師，『曙光女神』有版欸，我網友的網友的網友寄過暗黑破壞神給她過，他還留有『曙光女神』的地址，真是謝天謝地。」

能見到她嗎？書彥顫抖的接過潦草的地址，內心激動的很厲害。

幾乎沒有耽擱的，他立刻出發。

在飛機上，他怎麼也睡不著。這段旅程像是漫漫無期，他這麼的焦慮，害怕他到來的時候，芳詠又逃走了。

冬天的北海道冷極了，計程車都開著暖氣。他滿心思都是芳詠。下車後，他跌跌撞撞的往前行，左腳追著右腳的。

抵達到芳詠的門前，他的心臟蹦蹦跳，想按電鈴，卻發現門沒上鎖，他悄悄的走進去，慢慢接近穿著棗紅色寬鬆毛衣的女子。她坐在窗台上，倚著冰冷的玻璃窗，正陷入沉思中。

他還看不到那女子的臉，只是那身材氣度，很像她。

宣判的時間到了，他微微的挺挺肩，一步步的走過去。

走向她。窗台冉冉的鵝毛雪繼續，滿地晶瑩的雪光。

多年的企盼讓他的心臟微微抽痛。害怕承受失望的打擊，他只能走向她，一步一步的。

後記

他一直念念不忘曙光女神和她的守護者的故事。

當初知道這個故事，還是從一個熱血的小朋友那邊聽到的。

他訝異二十一世紀已然來臨，這種千里追尋的故事還在現實社會裡發生。

到底是為了什麼呢？

不過，他在當中居然也有個關鍵性的角色，只能說，冥冥之中，自有安排。

之前會注意到曙光女神，應該是不小心翻到一篇電子報。她寫日本遊記，以書信體寫，很引人注目。她淡淡的述懷，有時提到自己不太感受得到別人的善意而困擾。

「對我笑就是友善嗎？對我怒顏就是生氣嗎？人類的表情又不那麼簡單。怎樣才是愛我，怎樣才會恨我，這又顯得很難了解和回答。」

因為他也有同樣的困擾，所以，對於她的種種書寫，都有親切的感覺。一知道她想要玩中文版的暗黑破壞神，他馬上慨然買了一套寄去日本給她。

送給知己，這麼點小錢算什麼。尤其知道她那麼喜歡那個殺戮和荒蕪的世界，有時隔著千山萬水，他們也會聯袂去討伐魔王。

只是這一切，都是淡淡的。沒想到在守護者前去追尋曙光女神的時候，他無意間成了找到她的重要關鍵。

後來電腦損毀，又到美國工作，就這樣跟她失去連絡。

靜夜裡，他會猛然想起曙光女神，不知道他們現在怎麼樣。

「他們？他們現在都在日本！」調返回國，剛好和德魯依——那個熱血的小朋友——連絡上，他興奮莫名，「媽的，真的好浪漫！老師就不回來了！聽說他現在在那邊的中國餐館當廚師，陪曙光女神念書，媽的好甜蜜！」

剛考上大學的小朋友眼睛都是豔羨，「我也要找個曙光女神……嘿，幸運女神好了，我比較喜歡蓓兒丹迪！」

真的？他得到曙光女神的寬恕了嗎？

「我應該還有年假吧？」他冷冰冰又俊美的臉直視著主管，讓上司心裡都有點起毛，「有有有……哈哈……爾玦，但是最近有個很大的案子，需要你推動欸……」

「我到底有沒有年假？」他冷冷的接近上司，上司倒退的縮好幾步，「爾玦，哈哈……當然有，當然有……」

他為什麼這麼害怕？他照照鏡子，不了解別人為什麼會畏懼他。

他請了年假，遠去日本。

沒想到這麼多年，居然地址都沒有改變。

他到的時候，正值北海道的夏天。廣闊的薰衣草田，發出舒緩的香氣，像是連天的紫霧，染得天地一片朦朧。

他走進怒放著薰衣草的庭院，有個少婦膝上放著書，懷裡有個嬰兒在沉眠。

少婦抬頭，眼睛有著熟悉的晶光。他微笑，淡得幾乎看不見的微笑，「嗨，曙光女神。」

「怎麼大家都這麼叫我？」她的微笑也不見得比較明顯，「你是……玦？」

氣味相似的人，即使經過了這麼久，只在網路相逢，相視一笑，猶勝知己。

「妳的孩子？」他對新生命有種憂心和恐懼。這小小人兒的一生，你得承受到死那天，這是多麼沉重的負荷。「妳覺得，愛已經不是酷刑了嗎？」

她清亮的眼中浮現著困擾，「……我還不知道答案。這孩子還小，還不知道我對她的愛會不會給她傷害。」

清風冉冉，碧綠青草的芬芳混著薰衣草，清新得令人的肺微微疼痛。習慣污穢都市空氣的人，對這種清新有些承受不住。

「孩子和妳很像。」雖然沒有笑容，芳詠還是知道爾玦很愉悅。

「就像我的童年再降生……」她凝視著醒過來的嬰兒瞳孔，「或許一切都有重來的機會。」

靜靜的望著他們，他心裡有著感動和羨慕。

「我還是不懂，愛是什麼。」他這次的微笑比較明顯，「不過，看妳這樣幸福，或許我該嘗試看看。」

「我幸福嗎？」她望向美麗的郊野，「或許這樣身心舒緩是種幸福的狀態。不過，我若失去這一切，恐怕這樣安然的自我就蕩然無存……愛還是酷刑。貪戀愛情的香氣，在失去的時候，我們可以加倍感受到痛苦的威力。」

她微笑，「那就讓它來吧！與其現在就開始哀嘆失去的痛苦，不如好好享受眼前的美好光陰。什麼東西都會流逝，但是鏤刻在光陰裡的幸福，會用記憶的格式保留下來。最重要的時光是現在、此時、此刻。」

他們默然，一起坐著等待黃昏。他沒等書彥回家就告辭。

平原寧靜的月，一路追隨著他的車子。

他知道，他們兩個還是沒有結婚。這也許是芳詠唯一不能讓步的地方：她仍然要保有自我，而非某某太太。

空氣這麼溫柔溼潤，滿布月光，連他都想試試戀愛的滋味。

或許很多痛苦吧，他的身邊塞滿了失戀的人。但是戀愛的甜蜜卻讓人好奇、嚮往，前仆後繼。爭相成為父母，擁有孩子，這樣才能合理的愛一個孩子。

即使知道愛是一種酷刑。誰也逃脫不了，誰也不能。

他點起菸，月亮因此朦朧。

特別收錄

單身女子公寓存廢記2050年

蝴蝶 Seba

「他爹的∼我就知道那群既得利益者不會放過我們，幹！不結婚違反憲法哪一條啊？哪一期的房租我沒繳？還是公共服務的哪個項目我拒絕了？為什麼要撤掉女子公寓？幹！男子公寓放在那邊養蚊子干我們女人什麼事情？幹他爹祖宗十八代的！」

握著e-book的柳心衝進大廳，吼叫起來。幾個住戶也驚慌的跑出來，「天啊，國宅處真的發瘋了，他們真的準備聽那幾個瘋狗立委的建議，把女子公寓裁撤掉！」、「他們大腦皮質受傷了嗎？」、「幹！他們大腦根本沒受傷——裡面什麼也沒有！」

牡丹正在逗柳心的小孩，聽到這消息，卻不像其他人那麼驚慌，幾個月前那個豬頭立委提出建議的時候，她就有預感了。

接過e-book一看，即時新聞斗大的標題：「單身公寓成效不彰，國宅處將全面裁撤」，她皺了皺眉，揚聲說：「別吵了！」

她一說話，整個大廳安靜了下來，「若有力氣這麼大聲，還不如省下來遊行請願的時候用。國宅處跟我們打了二十年租賃契約，他若有錢賠每一個住戶，讓他們賠到死好了。」她安撫了害怕想哭的小朋友，「小聲點，小朋友都嚇著了。」

大家似乎冷靜了下來，開始認真討論起來。

柳心接過小孩，擔心著，「牡丹姐，怎麼辦？那群豬頭像是玩真的……萬一他們玩遇缺不補的把戲勒？這……」

「回去寫妳的程式啦，」牡丹微笑著，「妳們的Game呢？不是下個禮拜要上市了？」

「現在還管什麼Game……」她抱著孩子咕噥咕噥的回家。

牡丹一看她回去，臉上馬上罩了一層嚴霜。搭著透明的電梯，採自然光的健康住宅無須電力，就能引進太陽光，和煦的照亮整個大樓。她打開e-book，仔細閱讀新聞，手機響了，她漫不經心的啟動了免持聽筒，「喂？」

「牡丹？妳又忘了開立體影像，這樣我都看不到妳。」牡丹的男友祖佑磁性的聲音，「一起吃晚餐？」

雖然覺得有點煩，她看看時間，飯總是要吃的。

「六點半，麻布茶房可好？」他的聲音卻不容置疑。

懶得跟他辯駁，諾諾的掛掉電話。雖然麻布的甜點總是讓她反胃。

即使心情這麼沉重，一樓附屬的托兒所還是令人精神一振，小朋友追來追去的笑著喧嘩著，還有小朋友不小心撞到她。

「對不起，小姐。」小男生濃重的童音，還是很有禮貌的道歉，又跟夥伴們精力充沛的跑過去。

老師含笑的看著他們，「呀，白小姐，要出去？」她瞥了一眼牡丹手裡的e-book，有點不安的，「白小姐，新聞是真的？那這些孩子……」

「沒事的，」她還是笑笑，「放心，國宅處若是說啥就是說啥，政府效率會這麼低落？放心啦。」

一搭上捷運，她的笑容就垮了下來。政府效率不彰，偏偏對作秀特別有興趣，連她這樣冷靜的人在心裡都大聲問候政府十八代祖宗。

這頓飯就在心不在焉中吃完，祖佑倒沒發現什麼，只覺得她今天很溫柔，不禁有些飄飄然。

「今天……在妳那兒過夜好嗎？」他輕輕的撫摸著牡丹白皙的臂膀，正在想事情的她胡亂的點完頭才發現自己答應下來，嘆了口氣，「你那裡不行嗎？」這樣了事還可以早早回家工作。

他一臉尷尬，「呃……我父母親都在家……不是，不是很方便。」

「附近就有賓館呀。」趕緊了事，我要還要回家工作。

「難道在一起就只是為了做愛嗎?!」祖佑反而惱羞成怒。

如果不是，你也不會想到我。牡丹突然有點反感。在一起快兩年，她越來越了解祖佑，也越來越不開心。不過，既然彼此都沒什麼過錯，反而不知道該怎麼結束。

怎麼結束呢？她總覺得從來沒有開始過。

刷了ＩＣ卡，她耐心的在大門等祖佑的指紋和視網膜辨識。

「真是麻煩，又不是第一次來！」祖佑抱怨著，「牡丹，幫我辦一張家屬卡，要不然每次都要刷卡按指紋，我覺得自己像是犯人一樣。」

家屬卡?!你慢慢等吧，「你要幫我繳房租嗎？」祖佑馬上默不作聲。

她就見過女孩子隨便幫男朋友辦家屬卡，結果一分手，家屬卡拿不回來就算了，那男人衝進單身公寓大吼大叫還潑汽油，發怒的牡丹把消防水管拿過來，強大的水柱把那男人噴昏過去，那笨蛋還告她。

算他倒楣，法官大人正好是隔壁女子公寓的榮譽舍監。

走過大廳，幾個女人在大廳裡聊天和爭辯，不同的e-book顯示著不同的新聞標題，卻是相同的內容。

「牡丹我跟妳說……」義憤填膺的英蓮衝過來，一看到她身後跟著的祖佑，還是勉強給了個微笑，「嗨，林先生。咳，晚點再跟妳討論好了……」

牡丹胡亂的點了頭，走進了自己家。即使是夜晚，日間太陽電池充滿了

、

太陽能，亮起來的房間不再浪費珍貴的電源，她將自己的外套脫掉，祖佑迫不及待的黏過來，開始吻她。

是誰說「難道在一起就只是為了做愛嗎?!」的？

雖然希望他趕緊去刷個牙，省得食物殘渣隨著唾液輸送，不過看樣子，就算在他的脊椎打幾個大洞，他也不會發現。

一完事，高潮還沒褪盡，祖佑已經翻身沉沉睡去。她沖了澡，點了根菸，匡啷匡啷的打起電腦。

公寓內的線上聊天室早就爆滿了，用戶們憤慨的在網路上大罵，聽說新聞出來的第一天，國宅處的電話和郵筒塞得滿出來，連電子信箱都塞爆了。

「罵也沒用，倒是想想看，該怎麼辦？」

「還能怎麼辦?!去國宅處扔炸彈好了!?我跟小孩怎麼辦？離開單身公寓，我得自己租房子、請保姆，我賺的錢哪裡夠用?!憲法不是通過了『兒童為國家社會資產』這一條嗎？為什麼要斷我們生路?!」

「妳沒看那個豬頭立委上個月怎麼說的？他說就是因為有女子單身公寓的存在，憲法又通過新法案，連非婚生子女都可以得到補助，所以女人都不結婚了。」

「挖勒靠靠靠……靠邊站啦！他爺爺他老鬼的！誰敢結婚啊?!民法幾十年都不修改，他媽的離婚要個贍養費，一個法案拖過二十年，挖勒幹!!既然他們不想養小孩，那就讓社會大眾大家想辦法好了！單身女子公寓公共服務費比男子公寓貴一倍，有沒有人抗議？啊幹，沒生小孩也幫有生小孩的加減負擔點公寓托兒所費，媽的都沒人講話了，誰要那些豬頭男靠邀什麼？靠邊站啦！」

「反正女子公寓人這麼多，什麼行業的都有，」牡丹慢吞吞的從企劃書裡跳進討論裡，「我相信只要女人自己不殺自己，要達到我們的目的，其實是滿簡單的啦。」

聊天室突然沒人說話。

「罷工嗎？」柳心腦筋動得快，欣喜若狂，「歐雷～正好去休假！」

「哼哼哼……」牡丹隔著螢幕都可以想像英蓮陰冽冽的笑容，「好得很，順便去國宅處門口露營。」

「妳聽過法官罷工的嗎？」隔壁女子公寓的榮譽舍監一打出這行訊息，聊天室又安靜了一下。

「休息啦，」牡丹懶洋洋的，「有什麼好做的。喊了幾百年男女平等同工同酬，妳哪隻眼睛看見實現過？」

「這是我的天職，我不能罷工。不過……」

大家屏息等待她的「不過」，在女子公寓同盟裡，這位法官大人很受敬重，就像是身為廣告公司創意總監的牡丹一樣。

「不過我還有三個月的年假。說不定可以趁年假的時候，過去露露營。」

牡丹嘴角彎起一個微笑。

「好亮喔……」祖佑呻吟著翻身，「不要打電腦了，吵死人……」

「隔壁還有房間。」牡丹連頭都不轉。

「隔壁是兒童房ㄟ，」他很不高興，「床那麼小……」

「只要不被保全人員趕，你可以睡大門口，那就天寬地闊了。」她轉過頭，笑吟吟的，眼睛卻冷冰冰。

祖佑有點畏縮著，嘴裡碎碎念，翻過身又睡。

這個社會，為什麼這麼厚待男人？牡丹支著下巴想。

二十年前，她還只有七八歲的時候，母親牽著她的手離開家，住進單身女子公寓。說起來，牡丹是第一代的公寓孩子。

她生活在雙薪家庭裡，父母親都在上班，母親比父親努力多了——不管事業還是家庭——她記憶裡的母親總是嚴肅著，鐵青著臉衝過來衝過去，饒是這麼忙，她還是每天起床做早飯，打理一家大小，父親只會臭著一張臉吃飯看報，報紙一推就去上班。從小就是媽媽抱著她寄放到奶奶家，衝去公司，然後抱著一大堆公事來接她回去，作好晚飯，讓母女先吃過，整理家務，幫她洗澡，念故事給她聽，讓她上床睡覺，然後再做一次飯給父親吃。

等全家都睡了，她還在燈下處理那一大堆公事，一邊守著隆隆作響的洗衣機。

後來父親宣布他愛上了自己的祕書，「她才不像妳，一點情趣都不懂，連聽我說話的時間都沒有。」

母親只是沉默的面對眼前的離婚協議書。

不肯簽字的母親當然經過了一段掙扎——被父親抓在牆上摔了兩次——真正讓她下定決心的是牡丹被父親搧了耳光的浮腫。

「幸好沒聾，」醫生嘆息著，「太太，小孩子頑皮是應該的，妳要控制自己的脾氣。」

「不是媽媽！」那時還小的牡丹已經有正義感了，「爸爸打我的。」

媽媽抱著她流下眼淚，所以她也簽下了離婚協議書。

簽下離婚協議書的媽媽什麼也沒有，只帶走了一口皮箱——父親咆哮著，「好好跟妳說的時候妳不離，現在鬧得大家都知道，害我工作都丟了，妳還敢要什麼東西？滾出去！」

母親牽著牡丹搬進了單身女子公寓。那其實是滿苦的一段時間，兒社法還沒通過，政府也沒任何補助。不過，那時牡丹已經上小學了，單身女子公寓幾個離過婚的媽媽也不忙著牛衣對泣——將來該哭的時候還多，不忙在這一時——有個當幼稚園老師的媽媽辭了職，回家帶自己小孩，順便開了個小小的安親班，大家互相幫忙的生活下去。

奇怪的是，母親臉上的笑容卻多了。家裡亂點也沒關係，不再有男主人皺眉毛，咆哮著要茶要水要燙過的衣服，母親突然閒了下來。再說，只有兩個房間的小房子，也真的沒什麼好整理的。

公寓的房子真的是小。開門就是甬道，小小兩間房間中間可以走到廚房和浴室，當然也都是小小的。八個住戶環繞著一個共有的大廳和電梯。幾個離婚的媽媽想辦法調在一起，大廳正好當共有的安親班，所有的家具不是二手貨，就是外面撿來的。幾個媽媽坐在一起聊天看報紙或者做做手工，孩子們就在一邊玩耍或做功課。

這格局幾十年來都沒改變，即使從七樓公寓改建成二十二層的摩天大樓，訪客登記簿進步到ＩＣ卡登錄，仍然是八戶環繞一個社交大廳。若說有什麼不一樣，大約就是兒社法通過以後，政府將所有的一樓都規劃成育嬰室、托兒所和安親班，讓孩子們有更好的照料。

這麼多年聲嘶力竭的呼喊和請願得來的這點成果，居然讓幾個豬頭立委和國宅處毀了。

「去國宅處露完營，」她將企劃書打上最後一個句號，轉過來聊天室，「再去立法院露營吧。」

她呼出一口氣，關了電腦，七點五十五分。

祖佑突然跳起來，「幾點了？」她指了指鐘。

「完蛋了！八點就要罰錢了！妳為什麼不叫我?!」他慌張的把衣服隨便亂套。

為什麼我要叫你？她冷眼看著這個自私的男人。

倚著門，看見他慌張的奔出去，其他住戶的門也乒乒乓乓的開了，有人還提著褲子，狼奔豕逐的死命按電梯。

牡丹忍不住笑出來。

小睡了一下，起來看留言版和連署版，名單數字跳得很激烈，短短一個晚上就六千多人連署，連幾個企業的女總裁都簽名了，女人若是自己不作踐自己，其實還算滿有前途的。

母親送了個訊息過來，要她過去喝茶。

五十幾歲的母親，還是打理得很有精神，開門看見她雖然高興，一下子又皺了眉頭。

「又要去示威抗議了？妳什麼時候才要規矩點？單身女子公寓是給不得已離婚的女人棲身的。妳們這些女孩子，跟人家惡搞些什麼？孩子生了也不跟孩子的爸結婚，八點一到就把人家趕出去，不回家還要罰錢……妳們的規章搞什麼鬼？難怪立委要看不順眼。妳們這麼搞，那些真的離婚的女人該怎麼辦？」她將茶端到房間，牡丹笑咪咪的坐在地毯上，逗著母親剛收養的小貓。

「哎呀，所以才要有人出面一下嘛……」

「為什麼要是妳？妳結個婚如何？婚也不結，孩子也不生，妳到老怎麼辦？」母親還是嘮叨的。

「結婚有什麼好？」她塞了一嘴的餅乾，「孩子麼？等我念夠了書，事業有成，我倒是想生個小女孩。」

「胡說什麼?!」母親喝斥她，「孩子生下來就沒有爸爸，那多可憐！」

「媽，時代不同了，男人反正都不要小孩的，有爸爸又怎樣？我的身分證倒是有爸爸，我這十年內還沒看過他半次。」更不要說撫養，「談談戀愛倒是好啦，結婚就不必了。好端端的，何必結婚反而終結愛情。」

「牡丹……」母親還想說什麼，被她一笑擋掉，「媽，我知道我在幹嘛。」

滿懷心事的，母親說，「牡丹，是不是妳爸爸和我的事情讓妳……」

「沒那回事。」她又拿了片餅乾，「真的沒那回事。」

「那，那是不是我跟李叔叔來往……所以妳……」

「那更是胡說，」她截斷母親的話，「媽，妳真奇怪，李叔叔跟妳在一起很好呀，他對妳好得很，為什麼我要覺得不對？」

母親的頭垂著，「我不該和李叔叔來往，讓妳這麼憤世嫉俗。」

真是鬼扯。老一輩的人就是老一輩的人。

但是牡丹錯了，柳心居然也為了這種事情煩惱。

「牡丹姐，我不跟孩子睡，讓小畢跟我過夜，會不會對他的心理造成傷害？」

牡丹瞪大了眼睛，「就算小畢不來，小朋友也睡自己房間吧？」

「那當然，」柳心覺得她問得奇怪，「小朋友周歲以後就訓練他一個人睡呀。」

牡丹翻了翻白眼，「那小畢來不來跟小朋友有什麼關係？母親也是人吧？總有自己社交圈子吧？」

「可是小畢不是他爸爸……」

「妳見鬼了？他跟妳交往還是跟妳小孩交往？維持基本禮貌就好啦，吵什麼吵？你們一起的時候鬼叫到小孩嚇哭？那隔音真的要加強一下。如果沒有，八點前就得滾出去的訪客，對你們親子關係可以造成什麼傷害？」

沒想到新一代的女性腦子進化也不多。

到國宅處示威的時候，真的有年輕的女人潑了牡丹一身番茄汁，一面大罵著，「妳們這群不守婦道的女人，淨生了一堆私生子，到處勾引人家的丈夫！還浪費國家的錢養這群私生子！不要臉！早該廢了那個盤絲洞！」

牡丹一個箭步衝上去，抓住她的手臂，那女人尖叫了起來，「警察！警察！殺人啦！救命呀～」

「妳看清楚裡面，這些女人都跟妳一樣是普通的女人，」牡丹心平氣和的說，「誰也沒這通天的本領搶妳的老公，妳老公是成人了，他有腳，自己應該會判斷。如果妳老公有外遇，妳該往他身上潑番茄汁，不是我，妳弄錯對象了。」

她一把搶過媒體記者的麥克風，「將來妳若離了婚，單身女子公寓就是妳最後的堡壘，妳要拆自己的後路我不攔妳，但是，不要拆了所有女人的後路！也不要阻止我們不婚的選擇！我不替自己爭現在，爭的是下一代的未來。姊妹們，妳們還看不厭膩身邊的悲劇嗎？我已經厭膩極了！」

牡丹又在媒體出足了鋒頭，幾個男人盯著電視喃喃咒罵，「這女人當真沒人教訓！阿佑，你怎麼搞的？管管你的女人！我們可沒必要拿自己的稅金淨貼那些私生子！」

祖佑面紅耳赤，也只好強自鎮定，「時代不同了，肯聽話的女人只好去第三世界找了。要不就得跟老王一樣，去越南娶新娘。」

老王往桌子上用力一捶，杯子全部一跳，大家睜大了眼睛看他，「幹！也不過打她兩下，那婆娘跑去警察局告狀，婦女團體接她去單身女子公寓了！媽的，還發什麼鬼保護令，我咧X！@＃$%↑&&＊」接著是一長串的髒話。

幾個男人都安靜下來。老陳沉重的嘆了口氣，「我說，是不是男人的好日子都過盡了？當初流行不婚的時候，我還高興的要命。不用旅館錢，女人就算生了孩子也自己帶自己養，沒人逼著結婚。現在明明知道那小孩是我的種，居然連多抱一下都不行。別的男人跟她來往我也不能喊捉姦……早知道就跟她結婚算了……她真的是個好女人……」

幾個男人都沉默了下來，30吋的液晶電視鮮亮的照著幾個從容不迫的女人，訴說著單身女子公寓和不婚族的必要選擇。

螢幕裡意氣風發的女人和螢幕外頹唐的男人，形成鮮明的對比。

老陳踉踉蹌蹌的站起來，「老陳，要回家啦？」祖佑問。

「家？什麼家？單身男子公寓叫做什麼家？鬼城還差不多！垃圾積得半天高，酒鬼亂竄，住屋率不到五成。一想到自己一輩子要葬送在這種冷冰冰的地方就心寒。隔壁的老頭子死了三天才被發現。將來不知道自己要死幾天才有人看到。」

他哭了起來，「該不會連我兒子都看不到……兒子唄……早知道就跟她結婚……扛家庭責任也沒關係，不要跑車、自由也沒關係，只要開門能看到一家子和樂融融就成了，我幹嘛覺得自己賺到了……我賺到什麼呀……兒子唄……」

老陳跌跌撞撞的走了，其他的男人也默然。

「他醉了。」祖佑不知道說給別人聽的，還是說給自己聽的。

默默的，大家都散了。

祖佑走回自己家裡，母親看見他，皺了皺眉頭，「現在才回來？已經沒有菜了。」

他低低說了聲在外面吃過了，跟自己父親打招呼。

父親只顧著盯著電視，偶爾咒罵幾句。母親也坐在電視前面，正在織毛衣，看起來似乎是溫馨家庭圖，但是他知道，父母已經好多年沒說話了。

母親早出晚歸，到附近老人院跟同伴打槌球、唱卡拉OK、畫國畫。父親自從退休後，就只盯著電視看。

母親跟他抱怨過，若不是父親的頑固，她早就搬去老人院安養了。

「爸工作了一輩子，退休對他影響很大，」他爭辯著，惶恐若連這個原生家庭都不要他，那他豈不是得跟老陳一樣，住在單身男子公寓到死？「他不習慣老人院的，那會讓他覺得沒用。」

「他工作一輩子，我就沒有工作？」母親嗤之以鼻，「我這輩子還做著雙重的工作，一份正職，一份家務，你看我躺下沒有？我退休的時候是經理，你父親呢？得了，只好騙人家沒工作過的愚婦吧。」六十幾歲的人，母親居然還有著美好豐腴的身段，「他對這個家才不習慣呢，哪天不是應酬到深夜。可怪我就算當著經理，也沒應酬過半次。」

那是因為妳太強勢了，爸爸才流連在外面。他很想這麼說，卻想起母親年輕時對父親接近卑屈的溫柔。

那是因為妳太溫柔了，爸爸才……

他不敢想下去，進浴室嘩啦啦的開始洗澡。睡吧，他服下半顆安眠藥，明天一切都會好轉的。說不定單身女子公寓真的廢掉了，這樣，他跟牡丹說不定就有希望結婚了。

對，我不要跟老王老陳一樣，我一定要有自己的家庭。牡丹不錯，又美又有能力。當然我不會要她養家，一人負責一半好了，如果跟母親一起住，母親可以幫我們處理家務，這樣牡丹應該比較不會有怨言。

有了小孩，母親就不會一直往外跑，父親應該也會離開電視，看看他們的孫子。當然，他也用不著提心弔膽的睡在牡丹的家裡，擔心若是過了八點，月底就有昂貴的帳單寄來，要求他付超時訪客罰款。

他嘴角彎起了笑容，寬心的睡著了。

所以他不知道，牡丹主導的41縣市複決連署通過了，震動了整個政壇，這股沛然莫之能禦的政治實力讓政府緊急停掉國宅處的決定。並且將把住屋率過低的男子單身公寓改成女子單身公寓。

他當然也不知道，牡丹跟他分手的影音信件，靜靜的躺在他的e-mail信箱裡。

不知道也好，起碼還有一夜好夢可做。無知是一種慈悲。

特別收錄
桑妮

她一定是睡著了。樹影深深的夏天，緊臨國小的客廳，分到了一小片森森的涼蔭和滿天花板蜿蜒的水光。

下午三點。靜悄悄的週六下午，蟬鳴填滿了暑假的寂靜。桑妮揉了揉眼睛，再看了一次鐘。

還沒回來。志杰。她趴在冰涼的茶几上，長長的頭髮盤據了半個桌面。

門一響，她跳了起來，「志杰！」，飛奔過來，她的丈夫滿臉疲倦的將公事包往她的懷裡一塞，擋住她。

頹然的倒在沙發上，桑妮連忙將他的公事包和衣服掛起來，親熱的蹭過來，「志杰，你餓了嗎？我去熱菜……」

「我吃過了。」不耐煩的將依著他的妻子推了一下，該死，剛好坐在遙控器上。

「……你不是說，要回來吃嗎？……」桑妮小聲的說著。

「難道妳要我餓到現在嗎!?」他的聲音大了起來。

桑妮沒有說話，只是默默的走進廚房，將已經涼了的菜，用保鮮膜包起來。開始泡茶。天氣熱，志杰討厭燙，但冰過的茶，對身體又不好。小心的將整壺的茶浸在裝滿水的盆子，一會兒就成了溫茶。

費盡心思泡好的茶，放在他的面前，也只是拿起來一飲而盡。「閃啦，妳擋到我的電視了。」對著正在擦地板的桑妮不耐煩。

站得遠些，她發了一下子的呆。默默的，整屋子只有電視機械的聲音隆隆。她站到陽台去，滿樹轟然的蟬聲只在屋外作響。

原來寂寞也有震耳欲聾的聲音。

寂然的聲音，用著蟬聲，在秋天過去，冬天過去，春天也過去的時刻，不停的尾隨。她默默的住在寂寞的蟬聲中，度過一個個寂靜的日子。

丈夫不和她說話。他的工作緊張忙碌，每天回到家已經精疲力盡。無力也不能回應她的任何需求。

她是個好妻子。志杰有時會湧起愧疚。尤其和別的女人一起喝咖啡看電影，甚至在床上纏綿的時候，這種虧欠感就像是胃酸，悄悄的冒上來。

這種感覺格外的令人討厭。在妻子無所覺的欣喜地迎出來時，這種強烈的感覺，像是要燒穿了食道。

他只好粗魯的推開桑妮，對著她大聲，讓她不在眼前晃來晃去。夜裡也翻過身去，不讓桑妮發現他被淘空的事實。

反正……桑妮會一直在的。不管什麼時候，只要他回頭，桑妮都會溫柔的抱緊他，不管他怎樣對待過。

桑妮是愛我的，也只愛著我的。

「是呀，」她的聲音很小很小，「我愛志杰，好愛好愛。」她的眼淚也只有一點點，像是小顆的水鑽，在眼角小心的閃著，不讓人察覺。

夏天過去了，秋天過去了，然後，冬天來了。

志杰接受了另一家新公司的邀請，投資成了合夥人。桑妮笑笑的，家裡開始人聲鼎沸，她的工作越來越多，總有不同的人在家裡出入，幾乎二十四小時都有人要求開伙。

起初，她很高興。蟬聲淡了許多。後來，志杰在家裡和其他的女同事半真半假的打情罵俏，那隆隆的聲音，響亮得叫人無法招架。

在她面前摟摟抱抱，在她背後擁吻。總有女人毫不客氣的留宿，理由是工作。理直氣壯的使用她的保養品和牙膏，不知道包不包括她的丈夫。

她哭過幾回，志杰對著她的眼淚暴跳，「哭什麼哭！我又還沒死！也沒少一塊，妳哭什麼哭？」

迸的一聲，他將門關上，將桑妮關在門外。

她不再哭了。靜靜的坐在門外，眼神迷離的望著緊緊閉著的房門。寂靜的客廳，颼颼的夜風颳著。

好響呀。寂靜的聲音。已經大得聽不見什麼了。

發了一天的燒，丈夫沒有發覺。一直用著憐惜的眼光看著她的，常常在家裡出沒的合夥人發現了。

帶她去看醫生，握著她發燙的手。「跟我吧。」

沒有說話，大眼睛裡沒有焦點。

「桑妮……妳應該有陽光似的笑容呀……我初見妳的那年暑假，新嫁娘的妳，擁有著黃金般的笑容……」

他的淚滴在桑妮的手背上，淺淺的一滴響亮。

「吳先生……」

「叫我致信。」他頓了一頓，「我不會如此待著妳。」

她沒有接受，默默的注視著自己的丈夫。冬天過去了，春天過去了。夏天的深刻裡，到琉球旅遊歸來的她，在自己臥室裡，看見了丈夫和相擁而眠的那個女人。

染著黃金頭髮的女人。她站了很久，直到手痠，行李轟然的落在地上，將床上的兩個人驚醒了。

站了很久，丈夫將門闔上，她想挪動雙腿，可惜已經僵硬了。

什麼也沒說，照常的煮飯，持家，照樣的款待不預期的客人，清理滿屋子的菸蒂和廢紙。

「為什麼呢？」吃早餐的時候，她突然抬頭問，「我做錯什麼呢？」那清澄的眼睛令人不安，志杰討厭這種愧疚的感覺，「一大早說什麼蠢話！」

「你不愛我了嗎？」她乾淨溫柔的臉祈求的抬起來。

「煩死了！這種家叫人怎麼待得下去！」他發起脾氣，將外套拿起就走。

門摔上了很久，她的耳際還是隆隆作響。

「致信，」她拿著話筒的手在發抖，「你會待我好？不推開我嗎？」

「會的，」他盡快的趕到，緊緊抱著嬌小的她，「一定會的，不再讓妳落淚。」

她搬到致信的家裡，引起了很大的波濤。志杰在門外發出巨大的聲音咆哮，當然和致信決裂了合夥人關係。

他們搬去遙遠的南科。桑妮的笑容漸漸的回來，讓桑妮溫柔的愛著，生活穩定了下來，致信在工作上開始衝刺。

每天桑妮會在門口微笑目送而去，晚上也會看到桑妮溫柔的容顏。她是個細心的妻子，會打理致信生活上的一切。

原本他心滿意足的享受著妻子的愛情，漸漸的，他發現周遭還有更美更有智慧的女子。

女同事們都聰明幹練，穿著俐落的套裝，風姿卓越的在公司裡疾走。尤其和他搭檔的程式設計，短短的，挑染著玫瑰紅的頭髮，明媚的眼睛塗著豔藍的眼影。

無所求的桑妮顯得不入時而模糊。

他對桑妮開始不耐煩，開始大聲。她明亮的笑容也漸漸的失去，困惑而惶恐。

比起以前更賣力的作家事，更努力的學習新的菜式和新的資訊，但在致信的眼睛，卻只是加強他的罪惡感而已。

她開口要到日本旅遊，致信鬆了一口氣，花錢療養他的歉疚。

第二天，悄悄的回到家的桑妮，在她的床上，看到了玫瑰紅頭髮的女人占據了自己的位置。

所以，沒有地方回去了。她微笑，發出小朋友似的，嬌嫩的笑聲，低低的笑了很久。

她坐在床邊，看著致信很久很久，直到他醒來，摸摸他的頭。

「再見。」

沒有再回來。

* * *

很久很久以後，志杰遇到了致信。他幾乎立刻掄起拳頭招呼，又怕致信因此不告訴他桑妮的下落。

「桑妮呢？」他壓抑著心裡的怒氣，「她現在怎麼樣了？」

致信茫然的看著他，「桑妮？」

一股奇特的恐懼湧了上來，那個小小的女人，有著陽光似笑容的女人……自從她離開後，幾乎沒有一天好睡的，小小的女人……

「你棄了她？為什麼？從我手裡搶走，又把她拋了？你這混蛋～」他一把抓住致信的前胸，「你怎麼可以這麼做……從來不會有……不曾有其他女人比她更愛我……」

「也不會有其他女人比她更愛我……更無條件的愛我……」致信像是夢遊似的說，「你還愛她嗎？」

還愛她嗎？自從她離開後，失去的溫柔笑臉，使家裡像是跌進冰窖裡。沒有她溫柔的愛……他的生活，居然找不到歸依……

「我愛。是的，從來沒有離開過。」

致信的眼角有淚光，給了他一個地址。「把她找回來，我前天才去找過她。她不肯……她不原諒我……」

桑妮在這裡嗎？他打了電話預約了時間，心裡的驚疑越來越大。

「你的運氣好，先生。」接待他的是個清秀幹練的女子，「桑妮的檔期剛剛好空下來，要不然，她可是我們的紅人呢。」

「紅人？」我的桑妮？

「對呀，雖然她的價碼很貴……但是，她可是很受歡迎的唷。常常被長期的包下來呢。」笑咪咪的拿出鑰匙，「抱歉，桑妮不接零散時間，一天十五萬，可以刷卡，也收支票。」

「你們是應召站？」他的聲音陰沉起來。

「這麼說太難聽了，我們只是服務業。提供溫暖的夢幻之家。」女子仍然微笑。

小小的屋頂庭院，看到了桑妮。除了頭髮又長了許多，抬起頭來，這些年的光陰沒在她身上留下任何痕跡。

光潔的，孩子似的容顏，溫柔的笑容也如故。

「請進，親愛的。回來了嗎？」站起身來，束在腦後的頭髮，只差一兩寸就拂到地面。

「要吃午餐嗎？很快就能吃飯了，要喝茶嗎？」

一切都如故……除了她眼中的熱情與純真……

只有凝固的呆滯。

剩下一具空空的，柔軟的殼子。對著每個來往的男人說，「親愛的，回來了嗎？」

抱著她，哭了起來。摸著他的眼淚，桑妮的笑容，像是陽光一般。

＊　＊　＊

「你毀了她！」痛揍了致信之後，對著他吼著，「你幹了什麼好事!?」

沒有還手的致信狂笑了起來，「我？你沒有份嗎？」

「是我們一起毀了她的……」

慘叫似的聲音，讓風颳得很遠很遠，細細的吵醒了桑妮，茫然的望著天花板的銀蛇顫抖。

月夜呢。彎彎的月亮，收割了很多情緒。蟬聲沒有了。很久以前就沒有了。

她的嘴角上揚，連眼淚也沒有了。

明天，還會有其他的親愛的回來。總會有人回來。

特別收錄

惡夢

蝴蝶
Seba

我作了一個惡夢。

一個很長很長的惡夢。惡夢是這樣的長，這樣的清晰。清晰得像是真的一樣。

用力睜開了眼睛，望著熟悉的白紗窗簾飄搖，聽見隆隆的車水馬龍。

幸好只是惡夢……

望著自己的手，那樣的粗糙，乾硬而肥胖。翻身坐起，顫抖著望著梳妝台。陌生又熟悉的女人，垮著眼袋和臃腫的臉，就像在夢中多次照著鏡子哭泣的自己。

臃腫的臉，臃腫的手臂，大腿在短褲底下鬆晃晃的，有著藤蔓似的藍青微血管。那只是惡夢。只是惡夢。

我的惡夢，還沒有醒。

*　　*　　*

惡夢。

一直沒有醒。

有些頭痛的找水喝，發現讓垃圾半埋起來的房間，居然找不到一杯水，只有滿房間亂滾的礦泉水空瓶。

找到廚房去，空蕩蕩的屋子裡，水壺是空的，乾燥的只有些沉澱的，石灰的雪白。

太渴了，趴在廚房的水龍頭底下牛飲，自來水的消毒水味嗆得她大咳，又把喝下去的水全吐了出來。

這不是惡夢嗎？她應該躺在自己家裡的床上，在母親絮絮責備的聲音中醒來，有些憂鬱的看著少女的自己，憧憬著愛情。

只是做了一個很長的惡夢而已。為什麼……張開眼睛，惡夢還是沒有醒？

沒有醒。這一切的場景，一切的一切，全都是惡夢裡的光景。這一切……她驚慌失措的看著長大起來又漸漸衰敗的自己，挺直了背，經過了這些苦楚滄桑，這逼真的惡夢，做著不肯醒過來。

現在她醒了。為什麼……還在惡夢中？

突如其來的電話鈴聲，將她驚得一跳，接過電話，上氣不接下氣的拿起電話，「喂？」

「葉娥，妳沒睡飽？」電話那頭傳來啪啦啦的快速聲音，「怎麼這種發抖的聲音？」

「沒……」

「趕緊來上班，我已經在公司了……」

掛了電話，她怔怔的。完全知道他是誰。不過，那是惡夢裡的人物，不是真的。這一切，都不是真的。

突然醒過來，發現惡夢成真。

不對，這只是惡夢還沒醒而已……但是，就像在夢中，慌張的東奔西跑，做著熟悉又陌生的工作……比別人勞苦好幾倍，才能賺到勉強餬口的薪水。

到處都是自來水的味道，漸漸變得腥臭。

剛到手的薪水就這樣散了出去。忘記繳電話費讓人切斷了行動。房租、水電、信用卡帳單、學費……莫名其妙的支出，不斷的讓她驚恐得夜裡不能入眠。

「妳的生活有沒有問題？……」同事問著她，不禁皺眉，「葉娥，妳幹嘛？一副害怕的樣子。」

同事的身上，有腥味。回到租處，發現室友的腥味更重。

「葉娥？」室友也皺起眉毛，「妳不舒服？」

「沒事。」摀著嘴，走進自己房間，這才乾嘔了一下。

室友望著她的背影發呆，她的男朋友推了一下，「幹嘛？望著葉娥發呆？」

室友疑惑的想了一下，「我說不上來……葉娥怪怪的……」想了很久，葉娥慣常憂愁的臉，卻有著少女的憂挹。

中年婦女的臉上，有著少女的表情，令人毛骨悚然。

她待在房間的時間越來越長，這讓同居這麼久的室友擔心，悄悄的推開門，發現葉娥滿臉淚痕的睡著了，懷裡抱著一隻泰迪熊。

一室的月光，照著她鬆弛的眼袋，蜷縮得如悲泣幼兒的身體，和那隻無辜眼睛的泰迪熊。

這樣的詭異越來越深刻，向來穿著隨便邋遢的葉娥，居然梳起公主頭，穿著雪白洋裝，在家裡拚命擦著一塵不染的茶几，就為了看不見的指紋時，室友搬了家。

＊　＊　＊

不停的擦拭家裡的每一個地方，怕那種腥味濃重的竄出來。一遍又一遍，一遍又一遍。衣服洗了又洗，還要用柔軟精泡過，她才敢穿。

「妳兒子的養育費呢？」母親高八度的聲音貫穿了話筒，「妳在幹些什麼？」

是呀……我在幹些什麼？當她被硬卡掉一筆稿費之後，僵硬的想，我在幹嘛？小孩孤單的眼神看著她，除了愛憐的撥撥他們的頭髮，卻覺得這樣的陌生。

停住了撥動頭髮的手，她吞了口口水。

他們的身上，也有那種味道。現在帶著血絲的甜腥。

只是惡夢才會這樣。為什麼沒有醒？她洗著手，洗著洗著，洗得幾乎破皮了，腥味就是在。

神經質的笑了起來，這些只是夢。等我睡醒了，就會回到自己的床上。我會乖乖去補習，不讓人壓榨我，卻因為我的學歷而歧視我。

小孩？什麼小孩？我沒有嫁……我沒嫁給任何人過……

猛然的被拖進巷子，來不及大叫臉上就挨了好幾拳，望著眼前猙獰的面孔，不懂他喊叫著什麼，臉上也只是熱辣辣的痛。

「妳這婊子！居然不繳房貸！害法院來查封我的房子！妳這個賤婊子！」

這不只是惡夢嗎？勞苦撫養小孩，無力繳納前夫居住的房屋貸款，那不只是肥皂劇似的惡夢嗎？是不是死了就會醒過來？是不是在夢裡死了就能醒過來，回到現實？

腥味腐敗了。腐敗的味道從前夫的身上拚命窒息著她。

沒有抵抗的她，畢竟沒有死，驚嚇的路人叫來了警察，將前夫抓走，好幾年不用再看到她。

葉娥也只是怔怔的望著雪白的床單發呆，沒有聽到母親絮絮叨叨的責罵。

即使他來到面前，焦急著握著自己的手。

很漂亮的手。修長、纖細，指甲剪得極短，非常乾淨的手。和自己粗糙肥腫的手是不一樣的。

望著俊逸的他，這樣心疼的將自己摟進懷抱，葉娥的心裡，卻沒有一絲波動。

「認得我嗎？知道我是誰嗎？」焦急的他，緊緊的抓著她的手，「假很難請，好不容易請假出來……」

手機響了，他接了，鬼祟的看了葉娥幾眼，含糊著掛了電話。

呀。他不用掛電話的。他還是趕緊走吧。

因為，他也是惡夢的一部分。腥臭變成了屍水味道，在醫院裡蔓延。站在冷水底下，她拖著點滴去沖水。初冬了。很冷。但是比起冷，她更怕屍水的味道。

緊緊掐著脖子的噁心感，她一直沖水到護士驚叫著將她拖走為止。

出院以後，葉娥逃走了。她搬到很遠的地方，不讓任何人找到她。包括惡夢裡，自己成年後的情人、生下來的小孩、衰老的母親。

只剩下一支行動電話時通時不通的知道她還活著。

還是很辛勤的賺錢。賺到了錢，就把錢寄回家裡。

但是逃得再遠，還是在惡夢裡。

屍水味道變成了屍臭，在每個路上的行人中間散布。越來越濃重，不能呼吸。

我不能呼吸……每天回家，拚命吐，死命的吐，像是要把內臟都吐出來一樣。等能在家裡寫稿不必外出後，鬆了一口氣的她，變成了郵購和宅配的愛好者。

她安靜的住在只有十坪大的家裡，哪裡也不去。外面的每一種生物都有屍臭味，濃重得讓人無法呼吸。偶爾要出去買點什麼，她也得帶兩層口罩才能走出去。

只有一隻貓，身上沒有任何味道。葉娥收養了牠。

在潔淨得幾乎可以照見自己倒影的地板上，沒再剪過頭髮的葉娥，安靜的住在沒有任何味道的家裡。吃著最簡單的食物，過著最基本的生活，只和一隻貓相擁。

這樣，惡夢就不會挾著惡臭，侵襲進來。

*　　*　　*

若不是貓吐出了血，倒在地上不動，她不會出門的。

在惡臭和腥味泗溢的街上，她哭著狂奔。懷裡的貓已經不動了，她沒有知覺的跑進醫院，要醫生救已經僵硬的貓。

「終究，每個生物都會離開。用不同的形式離開。」幽魂似的聲音，迴響。

為什麼，成年的自己消失了，換上多年前沉睡的少女還魂呢？

站在震耳欲聾的車水馬龍，抱著死去的貓。久久不曾照到陽光的肌膚蒼白，營養不良的消瘦著。長長的頭髮蜿蜒到膝後，臉上只留著淚痕和茫然。

「沒有期望，就不會失望。沒有失望，就不會絕望。」那個夜晚……漫長的惡夢，成年的自己，哀叫著消逝，就留下這句話。

我們的惡夢，永遠都不會醒來。

「葉娥！」怔怔望著馬路那頭失魂落魄的女子，他喊了起來，葉娥失蹤之後，沒人再見到她，不期然在這街頭看到。

茫然無焦聚的掃過，剎那間，又不是哪麼肯定。細瘦得像是一縷亡魂，一縷少女的亡魂。

等過得馬路，焦急的他拚命尋找，卻不見她的蹤影。

人海吞噬了她。

連手機都停話，只剩下每個月定期寄到家裡的支票，還通知著葉娥存活的消息。

不知道她從惡夢裡清醒了沒。

說不定我們也在惡夢中。

國家圖書館出版品預行編目資料

所謂「愛」的酷刑 / 蝴 蝶 著. -- 初版.
-- 新北市 : 雅書堂文化, 2011.05
面； 公分. -- (蝴蝶館 ; 49)
ISBN 978-986-6277-83-2(平裝)

857.7 100006748

蝴蝶館 49

所謂「愛」的酷刑

作　　者／蝴　蝶
發 行 人／詹慶和
總 編 輯／蔡麗玲
執行編輯／蔡竺玲
編　　輯／吳怡萱・陳瑾欣・林昱彤・黃薇之
封面設計／斐類
美術編輯／陳麗娜

出版者／雅書堂文化事業有限公司
郵政劃撥帳號／18225950
戶名／雅書堂文化事業有限公司
地址／新北市板橋區板新路206號3樓
電子信箱／elegant.books@msa.hinet.net
電話／(02)8952-4078
傳真／(02)8952-4084

2011年05月初版一刷　定價200元

總經銷／朝日文化事業有限公司
進退貨地址／新北市中和區橋安街15巷1號7樓
電話／(02)2249-7714　傳真／(02)2249-8715
星馬地區總代理：諾文文化事業私人有限公司
新加坡／Novum Organum Publishing House (Pte) Ltd.
20 Old Toh Tuck Road, Singapore 597655.
TEL： 65-6462-6141　FAX：65-6469-4043
馬來西亞／Novum Organum Publishing House (M) Sdn. Bhd.
No. 8, Jalan 7/118B, Desa Tun Razak, 56000 Kuala Lumpur, Malaysia
TEL：603-9179-6333　FAX：603-9179-6060

蝴蝶
Seba

蝴蝶

Seba